— 書き下ろし長編官能小説 —

誘惑の種付け団地

葉原 鉄

JN047499

竹書房ラブロマン文庫

目次

この作品は、竹書房ラブロマン文庫のために
書き下ろされたものです。

第一章　奔放な団地妻の誘惑

就職三ヶ月で会社が倒産し、平川憲秋《ひらかわのりあき》二十三歳は晴れて無職となった。

雰囲気の悪い会社ではあったが、それも経営悪化の影響だったらしい。短期間で神経をすり減らした挙げ句、二ヶ月分しか給料をもらえなかった。

「まあ、不幸中の幸いもあるけど……」

会社は社宅代わりに近場の団地の一室を与えてくれた。

光熱費は自費だが家賃は一年契約で先払いしてもらっている。本当は家賃の三割を給料から差し引かれる予定だったが、そもそも給料が支払われない状況だ。

「とりあえず、来年三月までは寝床に困らないな」

無駄遣《むだづか》いをしなければアルバイトの必要もない。再就職に注力できる。

……と、思っていたのだが。

「またあんな会社だったらどうしよう」

舌打ちと怒号と皮肉が飛び交う職場を思い出すと心がくじけてしまう。昔から打たれ弱い気質だった。

無職歴一ヶ月。

平川憲秋は再起動しきれず、のんべんだらりと日々を過ごしていた。

ぼんやり生きていても、人間の営みにおいては不要物が溜まる。

憲秋は団地指定のビニール袋にゴミをまとめて外に出た。

「今日も暑いなぁ……」

朝から快晴。八月の日差しに一瞬で汗が噴き出る。

まばゆい空を見あげれば、五階建てのマンションがそびえ立っている。

築四十年のマンションが立ち並ぶ団地の十号棟。その二〇一号室が憲秋の住処《すみか》だ。

ゴミ捨て場は棟の横にあり、頑丈《がんじょう》な金網で囲まれた様《さま》は実験動物用の檻《おり》じみている。

もちろんカラスや猫を避けるための現実的な処置である。

そんな殺風景な場所も華《はな》やぐ笑顔があった。

「あら。どうもおはようございます、平川さん」

「あ、和久井《わくい》さん、おはようございます」

奥ゆかしく会釈をされて、憲秋も慌てて頭を下げた。

和久井澄子《すみこ》。おなじ十号棟の住人である。

惚れ惚れするほど上品な物腰に控えめなほほ笑みがよく似合う女性だ。きっと育ちが良いのだろう。長い黒髪の結い方もさりげなく手が込んでいるし、ノースリーブのサマーニットとロングスカートの出《い》で立ちには清楚《せいそ》さすら感じる。

もっとも、よく熟《う》れた体は起伏が大きく、やや目のやり場に困るのだが。

「平川さん……ちゃんと眠っていますか？」

澄子は小首をかしげて顔を覗《のぞ》きこんできた。憲秋より二十近く年上らしいのだが、猫のような仕種《しぐさ》がやけに可愛らしい。ドキリとして憲秋の声が上ずる。

「え、あ、はい。多少夜更かしはしていますが」

「よく寝てよく食べてくださいね。顔色がすこしよくないと思います……平川さんみたいにお若い方には余計なお世話かもしれませんけど」

「そんな、心配してくださって感謝してます！」

お節介焼きな幼馴染《おさななじ》みを思い出して、すこし心が和《やわ》らいだ。

「澄子、私はそろそろ行くよ」

人妻の横でスーツ姿の中年男が咳払いをする。澄子の夫、利康《としやす》だ。

「いってらっしゃい、あなた。今日のお帰りは……」

「遅くなるから先に食べておいてくれ。芳彦《よしひこ》の世話を任せてしまってすまないね」

「いやですわ、あなた。あの子、もう十歳ですよ？」

「そうだったな、うん、十歳だ。手間もそんなにかからない年だな」

言葉と笑顔を交わすあいだ、澄子は利康の腕にそっと手を添《そ》えていた。控えめなスキンシップがほほ笑ましい。きっと家のなかではもっと仲睦《なかむつ》まじいのだろう。理想的な夫婦とは和久井夫妻のことを言うのだと思う。

利康は出社し、憲秋はゴミ出しを済ませた。

ゴミ捨て場のまえでは、いつの間にか澄子がべつの女性と談笑している。

「やだ、澄子さんそのニット、やっぱり似合ってる！」

「ありがとう、成美《なるみ》さん。あのとき選んでもらって正解でした」

「澄子さんはノースリーブが絶対似合うわ。肩のラインが綺麗だもの！」

野尻《のじり》成美。彼女も十号棟の住人だ。

白い歯が輝くような快活な笑顔。さっぱりショートにした髪、Tシャツとデニムのパンツにエプロンをかけた、主婦の機能美を追求したような服装。澄子より五歳ほど若く、気性も正反対の人妻だが、負けず劣らず端麗《たんれい》な美熟女《びじゅくじょ》である。

（ふたりとも体つきが素敵なんだよなぁ）

澄子は全身ふくよかだが肥満の印象はない。匂いたつほど色っぽい肉づきだ。とりわけ胸の双峰は薄手のニットを驚くほど丸々と膨《ふく》らませている。

逆に成美は上半身がスリムで、バストも程々《ほどほど》の膨らみ。だからこそデニムをむっちりと張りつめさせるお尻がより大きく見えて、たまらない。

刻々と暑くなりゆく真夏の午前。

巨乳と巨尻に目を奪われながら、憲秋はじっとりと汗ばんでいく。

ふと気づく。ふたりが真顔で見つめてきていた。

「なーにおばさんの体ジッと見てるの？　憲秋くん変態？」

「まあ……そんな、平川さん、いやですわ」

「ち、ち、違います！　寝不足でぼーっとしちゃっただけで……！」

真っ赤な顔と汗ばんだ手を左右に振って誤魔化す。

「……ふふッ、あははは！　冗談よ、憲秋くんみたいな若い子が私たちみたいなおばさんに見とれるわけないじゃない！」

「そうですね、うふふ……ごめんなさい、おばさんなのに自惚《うぬぼ》れてしまって」

「い、いえいえそんな！　おふたりとも凄くお綺麗ですから！」

「あら、ありがと。お世辞でも嬉しいわ」

「お若い方に気を遣わせてしまって恐縮です……」

成美は心底嬉しそうに笑い、澄子も控えめにはにかみ笑いをしている。

やっぱり油断すると見とれてしまう美人妻たちだった。若い男を軽々とあしらう年上の余裕が憲秋の気疲れをほんのり癒《い》やしてくれた。

「道を空けてください」

余裕の感じられない尖った声が背中に刺さった。

振り向けばゴミ袋を両手に持った女性が睨みつけてきている。

「ご、ごめんなさい。どうぞ、津賀《つが》さん」

憲秋は気圧《けお》されるままに道を譲った。

ダークグレーのパンツスーツが似合う人妻だった。手足が長く、ウェストが深くくびれていて、ファッションモデルさながらのスタイルをしている。

津賀巴《ともえ》。十号棟で一番こわい人妻だ。

ゴミを出し終えると、きびすを返して帰途につく。澄子たちに匹敵する美女だが愛想はまるでない。それどころか、すれ違いざまの一瞥《いちべつ》は切れ長な目つきもあって、射殺すような鋭さを備えていた。

「相変わらずキビキビしてかっこいいねぇ、あの子は」

「スタイルがぜんぜん崩れませんよね。努力なさってるのでしょうね」

萎縮《いしゅく》している憲秋にくらべて成美と澄子は余裕の体《てい》だ。三人では巴が一番年下なので後輩を見守るような気分なのかもしれない。

「あの方、いつもスーツだけどお仕事はなにをしてるんですかね……？」

憲秋は以前からの疑問を口にした。

「デイトレーダーをしてるそうよ」

「しかも家事をしながら。私なら目がまわりそうです」

「なるほど……要領のいい方なんですね」

在宅で仕事をするならスーツを着る必要はないが、衣服で気を引き締めたほうが効率的に働けるという話もある。

(俺もそろそろ本気で就職活動がんばらないと)

残された時間は半年とすこし。たぶん油断するとあっという間だ。

「それじゃあ失礼します」

憲秋は人妻たちに会釈をして十号棟に戻った。

マンション入り口の郵便受けをチェックしていると、一〇二号室のドアが勢いよく開かれた。元気よく飛び出してくるのは十歳ほどのやんちゃな男の子だ。

「こらこら、走っちゃいかん！　階段があるから危ないぞ！」

追って白髪の老人が出てくる。

「ぜんぜん平気だって！　ジジイと違って若いもん！」

「ジジイ呼ばわりはかまわんが、階段の近くでふざけちゃいかん！」

「うるさいなぁ、もお！」

「ジャッキーン！　ジャンプ！」

アニメか特撮の真似とおぼしきポーズを取って、下り階段に踏みだす。マンションの床が高いので一階にも下り階段があるのだが——見事に、つまずいた。

華奢な体が体勢を崩して空中に踊り出る。

「あ！」

憲秋はとっさに手を伸ばした。


野尻竜輝《たつき》は無傷だった。

憲秋は指をすこし擦《す》りむいた。

竜輝を抱きとめた勢いでふらつき、壁に手をこすりつけたのだ。

竜輝の父親は憲秋の家の玄関で土下座した。

「すまなかった平川くん！　感謝の極みだ平川くん！　息子を助けてもらって、親としてはどう報《むく》いればいいかわからん！」

野尻雄次郎《ゆうじろう》は大げさなぐらい白髪頭を下げた。

短身で痩せ気味だが声が大きく活力的で、齢《よわい》六十六歳の老人とは思えない。成美とのあいだに子を成したのは十年前。実に三十歳差の年の差夫婦である。

「いいからお仕事いきなさいって。子どもたちが待ってるんでしょ？」

「たしかにそうだが、しかしだな……」

娘ほども年の離れた妻にバシバシと背を叩かれ、新聞を丸めたみたいに顔をクシャクシャにする。深い皺《しわ》が表情を豊かにして、独特の愛嬌《あいきょう》を形づくる老人だ。かなりの資産家という噂だが、なぜ一軒家でも高級マンションでもなく安価な団地に住んでいるのかはわからない。現在は「昭和のアソビ研究家」という肩書きで各地の小学校や幼稚園で講演をしたり、古いアソビを教えているという。

「竜輝は遊びにいってしまったし、父親としてわしが筋を通さねば……」

「いえ、俺もかすり傷ですし、そこまで大事《おおごと》じゃありませんから」

かえって憲秋のほうが恐縮していた。

「そうそう、大げさなのよ。お礼もお詫びも私がしとくから、ほら行った行った！」

「ぬぬ、わかった……平川くん、妻になんでも言ってくれ！　なんでもいいぞ、本当になんでも聞くんだぞ、ナルちゃん！」

「はーい、いってらっしゃい雄ちゃん」

ふたりは公然とキスをして別れた。玄関に残された成美は夫が消えたドアの向こうを見つめ、くすりと笑う。

独身男の憲秋にはわからないが、年の差婚でも夫婦の絆《きずな》は本物だと思われた。

「さて……あがってもいいかしら？」

成美はごく当然という顔でそう言った。

「あ、はい……え、いや、あがっていくんですか？」

「お邪魔しまーす」

有無を言わさぬ勢いでサンダルを脱いで家にあがる。

「ま、待って、部屋が散らかってて……」

「十歳児の部屋をしょっちゅう片付けてるおばさんに、いまさらそんなこと言う？」

「そういう問題じゃないですって！」

憲秋は軽くあしらわれて成美を止められない。

リビングへのドアが開かれた。

「あら、残念。たいして散らかってないじゃないの」

成美はリビングを見渡してふむふむとうなずいた。

「散らかすほどモノを持ってないんですよ」

「漫画や小説なんかもスマホかパソコンで見るのかしら？　今時はそうよね。でも食べ物はデジタルじゃ無理よね」

ローテーブルに小皿と湯飲みが置きっ放しである。昨夜、酒を飲みながらノートパソコンでサブスクリプションのゾンビ映画を見ていた。

「よし！　じゃあ軽くお掃除とお洗濯したら、ちょっと早いけどおばさんがお昼ご飯作ってあげる！」

「え、ええ？　悪いですよ、わざわざ野尻さんにそんなこと……！」

「憲秋くんはうちの子の命の恩人なのよ？　ふんぞり返って主婦の仕事ぶりを眺めていればいいのよ」

成美はローテーブルの食器をキッチンに運ぶと、いったん洗面所に向かう。洗濯籠《せんたくかご》に積み重なった衣類を洗濯機に投じて、洗剤を振りかけ、スイッチＯＮ。動きに淀みがない。憲秋が下着を見られて恥じらう暇もなかった。

キッチンに戻ると、シンクに置かれた食器を手早く洗いだす。

憲秋はそれらをタオルで拭《ふ》いた。さすがに黙って見ているのは気が引ける。

「気が利くわね。無言でフォローできる子はモテるわよ」

「そうでもないんです……女の子とちゃんと付き合ったことないし」

「あらそう？　意外ねぇ。でもまあ、押しが弱いと決め手に欠けるかな」

年長者の目は誤魔化せない。

良い雰囲気になった女性もいないことはないが、恋人にはなれなかった。気がつくとほかの男と交際していた。まごついているうちに愛想を尽かされたのか、良い雰囲気というのが最初から勘違いだったのかはわからない。

「惜《お》しいのよねぇ、憲秋くん」

「そう、ですかね」

「背は普通だけど体は案外引き締まってるし、顔は可愛いし、気も利《き》くし。押すべきタイミングで押したら、絶対にいけると思う」

「そう言っていただけると嬉しいです」

美人の太鼓判が嬉しい反面、足りない部分に自信がないのもたしかだ。

昔から自己主張が苦手だった。就職活動で一番難儀《なんぎ》したのも面接での自己アピールである。

「よし、洗い物はおしまい！　次々やっちゃおっか！」

成美はどこまでも手際よく、今度は掃除機をかけた。

リビング、キッチン、玄関前、洗面所。

「ふん、ふふーん♪　ふーん、ふーん、ふーん♪」

鼻歌まじりに腰が動いている。たっぷり肉づいた尻たぶが揺れる。

ごくり、と憲秋は生唾《なまつば》を飲んだ。

（野尻さん、名前どおりお尻すっごいなぁ）

デニム生地が張りつめていまにも裂けそうなほどに、安産型のヒップだった。プリミティブな色気がむんむんと香り立つ。二十代の若い女では出しえない熟女の芳香にくらりときた。

「……うふふ、ふふーん？」

思わせぶりな含《ふく》み笑いがした。

成美がニヤつきながら半眼で憲秋を見つめている。

「ご、ごめんなさい、つい見ちゃいました」

「そこ素直に謝っちゃうんだ？　誤魔化せばいいのに、可愛い子ねぇ」

子ども扱《あつか》いで一蹴されて憲秋は縮こまった。

新社会人のなり損ないでは太刀打《たちう》ちできない年の功を感じた。


ひととおり掃除が終わり、軽く談笑して、洗濯物を干した。

「じゃ、ご飯作っちゃうから適当に座ってスマホでもいじっててね」

「ありがとうございます……！」

成美はいったん一階の自宅に戻って食材を取ってきた。

やはり手際よく調理をはじめる。

憲秋は彼女の厚意を受け取りながら、キッチンの様子を注意深く観察した。さほど広いキッチンでもないので邪魔にならないよう基本は待機。機を見て食器を出す程度の手伝いはした。

「もっとキッチンが広いと嬉しいんだけどねぇ」

「築四十年ですからね」

「壁もねぇ。お隣との壁は厚いんだけど、家のなかだと聞こえちゃうのよね」

このマンションの基本構造は３ＬＤＫである。

うち二室は和室。出入り口がふすまなので防音効果は無に等しい。

「うちの旦那はこれぐらいの距離感が好きなんだけどね。あのひと、子どもって生き物が好きだし、家族ともできるだけ近くにいたいらしいから」

「一人暮らしだと、どうしても持てあましちゃいますけどね。リビング以外は一室しか使ってませんし」

「たしか社宅がわりだったのよね？　バブル気分を引きずってたのかもねぇ」

「そんなんだから潰れちゃったんだろうなぁ、あの会社……」

「暗い話はやめやめ！　ご飯食べましょ、ご飯！」

ローテーブルに成美の手料理が運ばれた。

ウインナーとキノコ入りのオムレツ、刻んだ野菜とベーコンのカレースープ、昨夜憲秋が炊いた白米。すべて二人分だ。

「うちの残り物を使っちゃいました。お米もらっちゃったけどいいかしら？」

「野尻さんも食べるんですね。竜輝くんの分は……」

「遊びに行った家でご馳走になる予定だから平気よ。それともおばさんと一緒にご飯を食べるのはイヤかしら？」

「い、いえ、そんなことありません！　光栄です！」

「ならどうぞ召しあがれ」

「いただきます！」

憲秋は手をあわせて頭を下げた。

スープのスパイシーなカレー臭が食欲をそそる。

普段の食事はスーパーの弁当や惣菜、インスタント食品で済ませていた。たまに作ってもせいぜい野菜炒めや炒飯ぐらい。残り物を活かす主婦の知恵を頂戴《ちょうだい》するのは実家にいたころ以来である。

美味《うま》かった。

夢中になって食べた。

「うふふ、子どもみたいに食べるのね」

「見苦しくて、ごめんなさい。本当においしくて……」

「そういう素直な反応はすっごくいいわよ。女の子は絶対喜ぶから」

なんだか顔なじみの叔母に面倒を見られてるような気分だ。お節介とも言えるが、悪い気もしない。相手が美人だからなおのことだ。

「ごちそうさまでした。ありがとうございます、野尻さん」

「お粗末様でした。私もごちそうさま。あ、食器は……」

「俺が運びます」

二人分の食器をまとめて運んで、その場で洗った。いつまでも成美の世話になるのは気が引けるし、自分だって家事ができるとアピールしたい。

洗い終えるとTシャツの腹あたりがビショ濡れになっていた。

「慌てすぎたかな……」

苦笑して視線を巡らせると、成美の姿がどこにもなかった。

「あれ、野尻さん……？」

リビングを見渡すと、寝室のドアが開いていた。

覗きこんでみると、ベッドに成美が寝転がっていた。

「シーツ、新しいのと変えておいたわよ。古いのはいま洗濯中だから」

「あ、すいません、そんなことまで……」

「押し入れの匂いがする……ううん、奥から憲秋くんの匂いも……」

成美はシーツに顔を押しつけて息を吸う。

──マットに染みついた俺の体臭を嗅いでいる。

そう考えた途端《とたん》に、部屋の空気が蒸したように思えて、エアコンをつけた。

「うーん、やっぱり冷房の効いた部屋で昼間からゴロゴロするのは幸せねぇ。主婦のこういうとこ最高……！」

枕を抱いて右へ左へ寝返りを打つ成美。

子どものように可愛らしい仕草だが、ボリュームのあるお尻が悩ましい。ズボンだからこそ桃型の丸みがよくわかる。

(なんでお尻ばっかり見ちゃうんだろ……溜まってるのかな)

悲しいかな自慰は定期的にしているが、朝になれば元気になってしまう。若さゆえに精気は有り余っているのだ。

「ほら、おいで。憲秋くんもいっしょにゴロゴロしましょ」

「え、いや、まずいですよ、さすがに……」

「適度にゴロゴロして元気出さないと。ご飯食べて顔色はよくなったけど、まだちょっと足りない感じよ?」

「俺そんなに顔色悪かったんですか……?」

「気疲れが顔に出るタイプね。お仕事なくなっちゃって焦《あせ》ってるんでしょ? いいからほら、ごろーんしなさいって」

「あッ」

腕を引っ張られて憲秋はバランスを崩した。

ベッドに倒れこみ、成美にのしかかってしまう。

「す、すみません、野尻さん……！」

「名字だと旦那と紛《まぎ》らわしいし、成美さんでいいわよ」

「は、はあ、成美さん……」

離れようとするが身を起こせない。首に腕を絡《から》められていた。

顔が近い。鼻先が触れあうほどに。

ほの赤い唇から漏《も》れる吐息が鼻をくすぐる。鼻腔がとろけるほど甘い。

薄められた目は潤《うる》み、妖しい光を宿している。

「ごめん、なさい……」

「よく謝る子ね。そんなに自分に自信がないの？」

「だって、女性にこんなことして、申し訳ないし……」

「無理やり引きずり倒したのは私なのに？」

細指が後頭部から這いまわり、耳朶《じだ》をそっと撫でた。くすぐったさと、得も言われぬ快感が走る。

逆の耳にも同様の刺激が走るが、指ではない。唇だ。

「自信の出ること、教えてあげましょうか」

明朗快活《めいろうかいかつ》な主婦はここにいない。いるのは妖艶《ようえん》な熟れ妻だ。

紡《つむ》ぎ出す言葉は、童貞男の理性を麻痺《まひ》させる魔法の呪文のよう。

「女を抱いて男の子は強くなるのよ」

はむ、と耳を噛《か》まれて全身が総毛立つ。

はむ、はむ、と噛まれるたびに、唾液《だえき》で耳が濡れていく。

濡れた分だけ鼓動が早くなり、呼吸が乱れていく。

「こんなおばさんでよければ練習相手になるけど……いいわよ、答えなくても」

「うっ、ああッ……！」

股間に硬質の圧迫感が生じた。膝でグリグリと押しあげられて、逸物《いちもつ》が痛むでもなく喜悦《きえつ》に燃える。昂揚感《こうようかん》に硬く大きく膨張していく。

「はあ……気疲れはあってもココはとっても元気ね。すっごくおいしそう……」

唇が耳に触れたままの距離で、生々《なまなま》しく聞かされた。

舌なめずりの音が。

ヨダレを飲みこむ音が。

そして、鼻にかかった物欲しげな声が。

「憲秋くんをおばさんに食べさせて」

童貞の理性は蒸発した。

「の、野尻さん……！」

「成美さんって呼んでって言ってるでしょ、悪い子ね」

「成美さんっ……！」

手が勝手に動く。震えながら伸びゆく先は、エプロンを押しあげる柔胸。

触れただけで形が崩れる。指が溶けそうな柔らかさだった。

夢中で揉《も》んだ。手指を開閉させて柔軟性を確認するように。何度も何度も開閉し、
そのたびに指が溶けいるように思えた。

「ん、ふ、男の子っておっぱい大好きよねぇ……」

成美は余裕たっぷりにほほ笑んでいた。

「な、成美さんは、気持ちいいですか？」

「私はこういうのも好きだけど……憲秋くん。ちょっとコツを教えてあげる」

手が絡《から》めとられた。

人差し指だけをつままれて、肉峰の山頂に導かれる。

「ここ、爪でひっかくの」

「え、でも……痛くないですか？」

「服越しなら平気。やってみて、ほら」

「は、はい、やってみます」

理性を失ったはずなのに逆らえない。男を誘い操るのが上手《うま》い。

おそるおそる乳房の先端に人差し指の爪を押し当て、そっとこすってみる。

「あっ」

これまでとは種類の違う声が弾《はじ》けた。

鼓膜を越えて脳が震えるような喜悦の響きだった。

　こする。　爪でエプロンの繊維をほぐすように、ゆっくり、優しく。

「んっ、あっ、はぁ……いいわ、じわじわ来ちゃう……でも、もっと速くてもいいのよ。爪で素早くひっかくの」

「わかりました……こうですか?」

操られるように、言われるまま引っかいてみた。

「きゃんッ」

成美の声が跳ねる。肩もビクリと動いた。

あきらかに質の違う反応に憲秋は硬直してしまう。

(声、すっごい甘かった……!)

成美の地声は熟女らしくやや低めで、話し方は開けっぴろげなほどに明るい。なのに、乳首を引っかいたときの声は鼻の奥を抜けるように高く、艶《つや》がある。

喘《あえ》ぎ声。嬌声。

男の本能を貫《つらぬ》く反応だった。

「も、もう一回しても、いいですか……？」

「ええ、いいわよ……もっとカリカリ引っかいて、憲秋くん」

また耳元でささやかれて、憲秋は止まらなくなった。

カリカリと小刻みに引っかく。

成美は肩を震わせて艶声を鼓膜に届けてくれた。

「あっ、んっ、そう、そうよ……！　服が刺激を和らげてくれて、ちょうどいい感じになるの……！　乳首、勃《た》ってきちゃう……！」

「ほんとだ……先っちょが大きくなってるの、エプロンの上からでもわかる……」

エプロン、Tシャツ、ブラジャーと三重の布に遮《さえぎ》られても、なお突起が尖り立つ。女性のそこは気持ちよくなると充血して大きくなるものだ。童貞でも知っている。そして童貞だからこそ頭が爆発しそうなぐらい興奮していた。

「ん、ふぅ、ちょっと待ってね。そろそろ火照《ほて》ってきたから……」

成美はTシャツの裾に手を突っこみ、服の下をまさぐりだした。

ややあって、するりと手を抜けば、レースの布が引きずり出される。

白いブラジャーだ。

エプロンの前面にあからさまなほどの尖りが生じた。

「乳首が大きくなってきたら、軽くつまんだりするのもいいわよ。硬くなると敏感になって、いろんな刺激に反応しやすくなるから……」

「は、はい、やってみます」

言われるままだった。童貞にはやるべきことがわからない。

エプロンごと突端をつまむ。優しく圧迫すれば、成美の声が頭蓋を抜けて長々と響きだした。

「あぁあああぁあっ……いいわぁ、若い子に触られるの好きぃ……！」

「若い子って……こういうこと、よくしてるんですか？」

「ときどきね。だから憲秋くんもヘンに気負わなくてもいいのよ。おばさんの体で楽しく遊んで、スッキリしちゃいましょう」

「は、はい……！」

あんなにも雄次郎と仲睦まじかったのに、なにが不満で浮気をするのだろう。疑問に思わなくもないが、片棒を担いでしまった時点で同罪だ。

「あはっ、んんー、そろそろかしらね……おっぱい揉みたいでしょ？」

「え、それは……あの、はい、揉みたいです」

「素直でよろしい。おっぱいっていうのはね、乳首以外はさほど気持ちよくないの。でも乳首を刺激したら神経が元気になって、全体がすこしずつ感じやすくなるから、まずはさするように……」

「こうですか？」

手の平全体を使って、山なりの柔肉を撫でてみた。撫でただけでも形が崩れる。女の柔らかさを濃縮したような感触に溺れた。

「ええ、いいわぁ、そうよ……ときどき乳首もかすらせる感じで……乳首を引っかくよりこういうのを先にしたほうが良いこともあるけど、そこは相手の反応を見て決めなさい。即効性があるのは引っかきだけど」

「勉強になります……！」

実地で指導を受けるうちに、憲秋にもわかってきた。成美の艶《なま》めかしさに魅せられ、快感反応をつぶさに見ることで、仕草の変化が把握《はあく》できる。

胸乳を撫でていると、彼女の肩ばかりか腰尻までよじれてきた。

乳首責めで神経が元気になって、乳房全体が敏感になると彼女は言った。

「痛かったら、言ってください」

揉んだ。

最初にしたときとおなじようにだが、反応は段違いだ。

「あっ、はぁあんッ……！　要領いいわね、んあっ、エロの才能豊かな子……！」

「それは褒めてもらってるのかな……」

「私はそういう子好きよ……うふふ、負けてられないわね」

成美は憲秋の股ぐらをまさぐりだした。

男根は興奮を吸いあげて、ズボンを破かんばかりに大きくなっている。乳首とおなじく充血するほど敏感になるものだ。

しかも成美の手つきは驚くほどなめらかで、的確に愉悦《ゆえつ》を与えてきた。

「ふふ、硬い……おっきい……んっ、燃えてきちゃう」

下から上へと何度も撫であげて挑発したかと思えば、肉幹の中ほどを指先でキュッとつまんで刺すように刺激する。ズボン越しなのに痛烈に気持ちいい。

「あッ、成美さんっ、あぁ……！」

硬軟入り混ざった快感に憲秋の口から低い喘ぎが漏れ出した。

「あら、その声セクシー。私、男の子の声って好きなの……あッ、はんッ」

「ど、どうも……うっ、くぅ……」

負けじと胸を揉む。両手で揉む。揉めば揉むほど柔らかくなる気がした。逆に乳首は硬くなり、敏感になる。男の逸物も乳首とおなじだ。

たがいに弱い部分を責めあううちに、どうしても物足りなくなってくる。

「脱ぎましょうか？」

「は、はい……！」

成美が悪戯《いたずら》っぽく笑い、二つ返事で憲秋が応じる。

ふたりは服を脱いだ。躊躇《ためら》いはない。

「まあ……やっぱりけっこう引き締まってるのね」

憲秋は背こそ平均的だが、全身それなりに鍛えられている。特段スポーツをしているわけではないが、生まれつき筋肉がつきやすい体質なのだ。暇なときなんとなく筋トレをする程度でも結構な成果が出る。

「成美さんこそ……体、すごいです」

成美の体つきは服の上から想像していたとおりの艶めかしさだった。

骨盤が広くボリュームたっぷりの安産型ヒップ。ウエストがくびれているのでなおのことお尻が大きく見えるし、太ももの肉感もムチムチとはち切れんばかりだ。股にふっさりと生い茂った黒い森も大人の色香をむんむんと放つ。

強《し》いて言えば、バストは服の上から想像していたものより大きい。実際に触ってみればわかることだが、手の平に余る巨乳だった。

乳頭は小指の先ほどで、興奮を誘うように赤く染まっている。

「赤ちゃんになってみる?」

成美に頭を引き寄せられた。

言わんとするところはわかる。赤ん坊のころ以来の本能がうずく。

憲秋は乳首にしゃぶりつき、吸い、舌で転がした。

「あんっ、あぁんッ、そうそう、たくさん吸って……!」

言われるまま、なすがまま。

思考がぼんやりとしていく。よしよしと髪を撫でられて赤ん坊気分だ。あめ玉みたいにコロコロした乳首もしゃぶっていて楽しい。

「そろそろ、ココも触ってみましょうね、憲秋くん」

成美はベッドに仰向《あおむ》けで迷いなく脚を広げた。

むっちり腿肉の合間で縦づきの肉唇がヨダレを垂《た》らしている。ぽってりした肉埠《にくふ》の裂け目から覗ける貝肉は色濃く肉付き、物欲しげにヒクヒク蠢《うごめ》いていた。

「恐くないから……ほら、男の子の遊び場ですよ？」

子どもをあやす口調で言われて、憲秋は生唾を飲み、指先で触れてみた。

くちゅ、と水音が鳴り、あぁ、と成美が鳴く。

「そう、くちゅくちゅ遊んで……！　爪は立てないで、指のお腹で……ああっ、いいわぁ、そうよ、上手よ、憲秋くんっ、んんッ、あはぁあああ……！」

乳首を責めたときよりも反応が大きい。

指に感じる水気と柔らかさも楽しい。

縦溝に沿って上下にいじれば、成美の四肢が痙攣《けいれん》じみて震える。

とくに上の端《はし》、ちょびりと飛び出た鞘豆《さやまめ》に触れると、白い喉《のど》が反《そ》り返った。

「はあんッ！　んんッ……！」

「わあ……やっぱりクリトリスって感じやすいんですね」

「んっ、そ、そうね、ここを優しくいじれば鉄板ね……でも、それで終わってちゃ駄目よ……本番はこの先だから」

「はい……ここ、ですよね」

憲秋はちゅうっと乳首をひと吸い。中指で秘裂を探る。

肉ビラをこすりながら、男が求めてやまない秘境を求めていく。

（ここかな？）

指先に感じた窪みを圧迫してみると、驚くほどたやすく突き刺さった。

「あぁーッ……！　そ、そう、そこぉ……！」

「ここが、野尻さんの……！」

「成美って呼んでぇ、憲秋くんッ……！」

ぬめり、ぬもり、と指が飲みこまれていく。自分が力を入れているのか、貪欲《どんよく》な膣口が欲しい欲しいと男の肉を求めているのかあるいはその両方か。

どんどん沈んでいく。コリコリした入り口、ザラつきのある内側、そしてヒダヒダの密集した奥へ。止まらない。侵攻していく。

「あ、あったかくて、ぬるぬるで、指が気持ちいい……成美さんっ」

「私も気持ちいいわぁ、憲秋くん……！　いいッ、体ビクビクしちゃうぅ……！」

進むだけでなく後退もした。

行ったり来たりで膣粘膜をこすった。

キツいぐらい締め付けてきても潤滑液《じゅんかつえき》が豊富なので動きの邪魔にはならない。むしろもっと動きたい。もっと成美の反応を引き出したい。

「すごいッ……！　手首までビショビショだ……！」

「はあッ、んんぅ……！　そういうこと言うのは意地悪だけど、意地悪されたほうが燃えることもあるからＯＫね、んあッ！　あぁああッ……！」

しきりによじれる大きなお尻の下、ベッドに愛液の染みができていた。

（感じてくれてる……！　感じさせた……！　俺が成美さんを！）

男としての充実感に全身が粟立《あわだ》つ。

高揚感が股間に集中する。

「な、成美さん……！」

「あらあら、元気いっぱいね……それに、やっぱり大きいッ……！」

行為を重ねるうちに憲秋の股間は最大にまで隆起していた。

その様はまるで赤銅色の肉槍。

「そ、そんなに大きいですかね……」

これはちょっとした謙遜《けんそん》。自分の逸物が立派なことは憲秋も自覚している。学生時代にトイレで同級生に驚かれた経験が何度かあった。

平均より亀頭ひとつ分は長く、直径がひとまわり大きい。カリが高く浅く反った形状は機能美を感じさせるが、幹に浮かんだ太い青筋が印象をグロテスクに塗り替える。

女性の目には醜《みにく》く映りそうな代物だが、

「うん、大きくて強そうで、ドキドキしちゃうわ……」

ごくり、と成美は唾液を飲む。

その反応にたまらず脈打つ男根に、成美の指が絡みついた。鈴口から漏れ出す透明な露《つゆ》を塗り伸ばすように。

「う、ああ……成美さん……！」

「そろそろちょうだい、憲秋くん……！　しましょう、セックス……！」

直接的に言われてはっとした。

生まれてこのかた一度もしたことのない男女の営み。

はじめて男が男となる瞬間。

「でも俺……本当に、いいんでしょうか……？」

目の前でメスの匂いを漂《ただよ》わせるのは、ただの女ではない。人妻だ。夫も子もいる。そこに他人の欲望を突き立てて本当に良いのかと言えば、倫理的には絶対にＮＯである。許されないことだ。

すんでのところで取り戻した理性は、しかし。

「人妻は男に慣れてるから、処女相手よりずっと気楽よ……難しいことは考えずに、好きなようにハメて気持ちよくなって、童貞卒業しちゃいましょう」

成美は憲秋の頭を抱き寄せると、おもむろに唇を重ねてきた。

柔らかなキスから急転直下で舌が入ってくる。ほの甘い唾液もろとも生ぬるい粘膜で口内をなめまわされ、舌を絡め取られ、ちゅうぅーっと吸われた。キスは初体験ではないが、こんなに粘っこくいやらしいディープキスは初めてだ。

頭がぼんやりして、なにも考えられなくなっていく。

腰がガクガクと落ちていく。

成美の脚が絡められ、引き寄せられていた。

ぴちゅ、と亀頭にぬかるみを感じる。火処にキスをしていた。

「そのまま入れて……！　ハメて……！」

ことさら下品な言いぐさで成美は自分の興奮を高めていた。

「私のアソコ、もうヌルヌルでくぱくぱしてるし、すこし押しこんだらズブッと入っちゃうから……　ハメて、憲秋くん、おばさんを犯して……！」

「や、やります……！　俺、ハメて、犯します！」

倫理観なんて快楽のまえには簡単に吹き飛ぶ。

自制心の脆《もろ》さを実感しながら、憲秋は逸物を突き下ろした。

温かい泥に包まれる感覚が男の性感帯を包みこむ。

「あっ、うっ、入った……！」

「あんッ、ああ……！　私も、すっごく興奮してるから……！　トロトロでとっても入れやすいでしょう？」

よく濡れて柔らかく、おかげで根元まで一気に挿入できた。若者の焦りを受け入れてくれるような余裕のあるハメ心地。

（意外とゆるい……？　でも、これはこれで気持ちいい……！）

もっと締め付けるものと思いきや、肉襞《にくひだ》がやんわりと絡みつくだけだ。もし強く締め付けられていたら、その場で絶頂に達していたかもしれない。それでは男として格好がつかない。

「う、動きますけど、いいでしょうか……？」

「遠慮なんていいから気持ちよくなっちゃいなさい……私も、憲秋くんがどんな風に腰を振るのか興味あるし……ね？」

きゅ、と柔穴が締まった。

濡れ壺全体が剛直に粘りつき、大粒の艶襞《つやひだ》がしゃぶりまわすように蠢《うごめ》く。キツいと言うほどではないが、それでも先ほどまでとは別物の刺激だ。

「は、はい！　がんばります……！」

この快感に負けたくない。男として強く振る舞いたい。

憲秋は覚悟して、ゆっくりと腰を前後させた。

「あっ……！　あぁ、はああぁあ……！　カリ、すごっ……！　食いこんできて、あんッ、はあんッ、憲秋くんっ、これエグいわぁ……！」

「もしかして、くッ、痛かったですか……？」

「ううん、違うわッ……！　いいの、これすっごく気持ちいいぃ……！　んッ、ああ、動いて、かまわずズボズボしてぇ……！」

成美は夢見心地で憲秋の顔にキスを連打した。

効いている。童貞の腰振りが人妻の熟穴に拮抗《きっこう》している。もちろん憲秋にとっても気持ちいいが、まだ多少なりとも余裕はあった。

「すこし、速くします……！」

おっかなびっくりの往復から、リズムに乗ったピストン運動に移行していく。

膣内の凹凸をカリ首でえぐり取るように。

最奥のコリコリした部分をノックするように。

「んんんッ、あはぁあッ……！　の、憲秋くん、いいわぁ、すっごくぅ……！　あっ、初めてなのにコツをつかんでて上手よぉ……！」

成美の声は揺らぎ、たわんで、いまにも崩れ落ちそうだった。それでも若者を受け止めて導く人妻の一線は保っている。

ただ、秘処からあふれる蜜は刻々と量を増していた。ふたりの股を濡らし、シーツに染みを作ってもなお止まらない。おかげで動きやすい。加速していく。

たん、たん、たん、たん、と蜜穴を掘り返した。

無我夢中で、ときおり拠《よ》り所を求めて乳房を揉む。さきほどコーチされた手つきを自然と再現し、乳首を搾ったりもした。思いきり抱きしめ、股間に体重をこめて激しく上下すれば、腕のなかの女体が悩ましげに震えあがる。

「はぁ、はぁ、成美さん、成美さんッ……！」

「あッ、あーッ、あぁーッ……！　いいっ、あんッ、いいわぁ、憲秋くん、ものすごいわぁ！　こんなに上手なのに童貞だったなんてもったいない……！」

お世辞だとしても、こんなに男を奮《ふる》い立たせる言葉はない。本当はもう竿肉が愉悦に痺《しび》れて爆発寸前なのだが、歯を噛みしめて耐えた。

もっと腰を振りたかった。もっと気持ちよくなりたいし、気持ちよくしたい。

自分をここまで導いてくれた人妻に感謝の気持ちを刻みたいのだ。

「成美さん、もっと感じてください……！　俺とのセックス、もっともっと楽しんでください……！」

　自分からキスをした。舌を絡めて唾液をすする。

　成美も応えてくれた。舌を吸い、唾液をすすり返す。そればかりか、ベッドのバネを利用して腰を跳ねあげてきた。

　さらに膣肉が締め付けを増す。圧迫と弛緩《しかん》をくり返して肉茎を咀嚼《そしゃく》している。男の味わい方をよく知っている動きだと、憲秋はなんとなく思った。

「ぐッ、ううっ……も、もう、耐えられないかも……！」

「あはぁ、私のなか気持ちいいでしょ？　いいのよ、いつでもイッて……好きなときに出してくれたら、私も合わせるから……」

「あ、でも、ゴムつけなきゃ……！」

　いまさらの理性が暴走に待ったをかける。

　が、成美が四肢でがっちり抱きついてきて、憲秋の離脱を封じた。

「今日は大丈夫な日だから、このまま……！」

「でも、さすがに可能性がゼロってわけじゃないから……！」

「いいから出しなさいッ……！　中出し、気持ちいいのよ？　憲秋くんに合わせて私もイッてあげるから……射精中に窄《すぼ》まってビクビク震えるおま×こ、味わってみたくない？　病みつきになっちゃうわよ？」

しかし、と異議を唱える理性ははかなくも薄れゆく。

股ぐらの海綿体がふつふつと沸き立ってオスの本能を誘発していた。

――メスの奥深くで射精したい！

憲秋は本能の叫びに屈した。

「うっ、ううッ、成美さん、成美さん成美さんッ……！」

もはや言葉もろくに使えない。

ただ抱きしめた女の名を呼び、腰を振った。

「いいわッ、きて憲秋くんッ……！　あぁぁ、一緒にイクのッ、一緒にイクのが一番気持ちいいのッ……！」

成美は夫でもない年下の男に耳元で媚《こ》び、イキながら中出しされるのが最高なのぉ……！」

重なる裸身で汗が混ざり、男と女の匂いが一緒くたになる。

パンパンパンと肉打つ音が寝室に響く。

「出るッ……！」

獣のように悶え、喘ぎ、快楽を求めあった末に、両者の快感は爆発した。

「出してッ、おばさんの子宮に若い精子ちょうだいぃッ……！」

ひときわ強い突き下ろしで成美の豊尻がベッドに沈む。

男根どころか股全体に彼女の肉付きを感じながら、憲秋は射精した。

思考が消し飛ぶ。目の前が白くなる。

「あぁぁあッ……！　成美、さんっ……！」

かつてない絶頂感に打ち震えながらも、たしかに目撃する。

目の前の美女が身も世もなく喜悦の頂《いただき》で踊る姿を。

「あぁあああぁぁあああんッ！　イッちゃうッ、んんんッ！」

腹を中心に全身が跳ねている。腰をくの字に何度も曲げる痙攣ぶりは、尻を跳ねあげて男汁を迎えあげるためだろう。

肉壺の動きも荒々しい。小刻みな蠕動《ぜんどう》で男根に追い撃ちを促《うなが》し、入り口を締め付けて熱液を漏らさないようにしている。

おかげで憲秋は永遠と思えるような長い射精を楽しめた。

「くうぅ、セックスってこんなにすごいものだったのか……！」

「憲秋くんが上手だからよ……私もこんなにすごいの、久しぶりだったわぁ」

絶頂を終えても成美は抱きついて離れない。

何度もキスをして、耳にしゃぶりついてくれた。

これでは収まるものも収まらない。萎《な》える暇すらなかった。

「もう一回……ヤッてみる？」

「お、お願いします！」

夢のような初体験は終わらない。

ふたりは夕方になるまで交わりつづけた。

不貞を働いているという意識は消えていた。

第二章　清楚妻の裏腹乱れ交尾

人妻との関係など真夏の昼の夢。

翌日になればなかったことになり、面倒な再就職活動が待っている。

鬱屈《うっくつ》した日々がいつまでも続くのだ。

無職の日常はかくも虚しい。

……と、憲秋は思っていたのだが。


「口でしたげよっか？」

成美はソファのまえに膝をついて妖しげにほほ笑んだ。

唇を開いて口腔粘膜を見せつけ、舌を踊らせる。唾液がたっぷり絡んでテラテラと粘っこく光る様が、男の欲望を刺激した。

「でも……いいんですか、またこんなことして」

憲秋はソファに座ったまま硬直していた。

「往生際が悪いわね。もう四度目よ」

人妻との不貞行為はその後もつづいていた。

外で会えばいつもの快活な笑顔を見せてくれるが、家にあがると放埒《ほうらつ》な淫婦《いんぷ》に変わる。野尻成美は根っからセックスが好きらしい。

「でも、旦那さんにも悪いし……」

「雄ちゃんのことは気にしなくてもいいわよ。もう年だから勃《た》たないし」

「そういう問題じゃないのでは」

野尻雄次郎は好感の持てる老人だ。

子ども好きで恩義に厚く、何十歳も年下の憲秋にも礼をもって接する。最初の浮気のあとに彼と顔をあわせたときは、罪悪感で死にたくなった。

「いいから、ほぉら、ぬるぬるトロトロのスケベ穴ですよ〜」

「あッ……！」

成美はあっという間にズボンから逸物を取り出した。

下品なほど大口を開けて、しゃぶりつく――

と思わせて、はぁ〜、と熱い吐息を亀頭に浴びせた。こそばゆさが粘膜に絡みついて、憲秋の腰が浮く。

「うう、成美さん……！」

「あらあら、息子さん寂《さみ》しい寂しいと泣いちゃってますよ？」

亀頭の先端にぷつりとカウパー汁の粒ができていた。

ふたたび吐息を浴びせられたら、とろりと垂れて裏筋を伝っていく。

根元近くまで垂れ落ちたところで成美の舌先がしずくを捉えた。

「れろぉおおぉおおおおお……」

「あっ、はあっ、駄目だって言ってるのにぃ……！」

丸めて尖らせた舌が這い上がっていく。ぷっくりした尿道の膨らみを押しつぶしながら。焦《じ》らして興奮を募らせるような刺激だった。ものすごく気持ちいいわけではないが、亀頭は赤みを増して膨らんでいく。

「はあ、やっぱり憲秋くんのおっきくて美味しそう……」

成美は間近で見とれながら、裏筋を舌先でくすぐった。上から先走りが垂れ落ちれば、なめとって目を閉じる。味わっているのだろう。美味しいものではないだろうに、彼女の頰《ほお》は赤みを増していく。

「女って一度エッチして気持ちよくなっちゃったら、そのおち×ちんのこと好きになっちゃうのよね……気持ちよくしてくれてありがとうございますって思っちゃう。だからフェラしたくなっちゃうわけよ」

舌遣いが変わった。

手で肉幹をつかんで動かしながら、肉頭全体をなめ転がしていく。柔らかくねぶりまわしたかと思えば、舌に力を入れて硬質の刺激を送る。硬軟あわせて緩急をつけた刺激に、敏感な粘膜部が愉悦に震えた。

「ぅうう、成美さんッ……！」

膣とは違って縦横無尽に動き回る快感に、元童貞は顎をあげて感じ入る。股間に埋もれた人妻の頭を撫でまわすのは、動かないとすぐにでもイッてしまうからだ。髪が乱れた顔も色気があってドキリとさせられる。

「ふふ、んちゅっ、いいわね、それ」

「ど、どれですか……？」

「頭を撫でるの。けっこう効くのよ。あと、エッチしてる最中、人妻の名前を呼び捨てにしてみなさい。ドキッとしちゃう人多いわよ？」

「こんなことする人妻、成美さん以外にいませんよ……」

いままでの人生で、これほどまでに性に奔放な人妻と会ったことはない。

「あら、みんな似たようなものよ？」

「主語が大きくないですか……!?」

「この棟だけでも私以外にもいるからね、浮気妻」

「き、聞きたくないです！」

「たとえば――」

聞かされた話はあまりに突飛で信じがたいものだった。

（まさか、あのひとに限って浮気なんてありえない！）

否定したいが、目の前にいるのがそもそも異常事態の権化《ごんげ》である。野尻成美と肉体関係を持つなど、すこし前には想像もできなかった。

――もし、あの人妻もおなじなのだとしたら。

想像するだに混乱してしまう。ただでさえ熟練のフェラチオで余裕がないというのに。

「くうぅ、わけがわからなくなってきた……！」

ピリピリとした悦楽の痺れが、亀頭から肉棒全体に広がっている。

びくんッ、と肉棒が弾む。

破裂せんばかりの熱の塊が尿道の奥から込みあげてきた。

「んっ、じゅるるるるるッ」

ここぞとばかりに、成美が男の先端をくわえこむ。

「ああッ、ちょっと待って、成美さん……！」

待ってもらえなかった。

唾液まみれの過敏部を猛然《もうぜん》と吸われ、憲秋は熱塊を解き放った。

とびきり濃厚な汚濁が吐出されるあいだ、成美は口をけっして離さない。一滴《てき》もこぼさない。男汁をすべて受け止める。

「んふふ……んぅ、ふぅ……ごくっ」

やがて射精が止まると、成美は憲秋の顔を見つめながら喉を鳴らした。

もちろんそれで終わる人妻ではない。

若い性欲も射精一回では収まらない。

「さ、本番しましょっか」

憲秋は流されるまま快楽の沼に堕《お》ちた。

成美と関係を持つ日々が続いた。

就職活動はとくに進まない。

「いいのかな……このままで」

人妻との関係も、無職であることも、けっして褒められたことではない。

ないのだが、さきほど気持ちよく射精した余韻で起きあがれない。リビングのソファでぐったりしたまま、気がつくと夜になっていた。成美と行為したのは日が高いうちだったというのに。

「ご飯食べないと……」

台所には成美がお裾《すそ》分《わ》けしてくれた肉じゃががある。米も昨日炊いたものがあるので、食事には困らない。

意を決して立ちあがろうとしたとき、携帯電話が着信音を鳴らした。

表示された名前は、若葉《わかば》。年上の幼馴染みだ。

「もしもし、カバ姉《ねえ》？」

『カバじゃないよ、若葉だよ』

もう、と拗《す》ねるが、本当に怒っている様子ではない。

『ノリくん、いま電話だいじょうぶかな』

「大丈夫だよ。どうかしたの？」

『ご飯ちゃんと食べてる？　お仕事まだ決まってないっておばさんが言ってたけど、

落ちこんで食欲なくなってない？　作りにいってあげようか？』

「ちゃんと食べてるよ。心配いらないから」

小山《こやま》若葉とは幼稚園以来の付き合いだが、世話焼きの心配性は昔からだ。二歳年上のお隣さんで、出会ったころからお姉さんぶっていた。

「カバ姉こそなにかあった？」

『あれ、やっぱりわかっちゃう？』

「わかるよ、声のトーンがちょっと低いし」

若葉の声は高い。鈴の音のように澄んだ声だ。それが今日はほんのすこし低く、曇っている。

『実はね、彼氏の話なんだけど……』

「職場のひとだよね」

若葉の勤め先はアパレルメーカーの開発部門だ。営業の男に熱烈に押されて、今年五月に付きあいはじめたらしい。以来、たびたび憲秋に相談してくる。はじめての恋人ということで勝手がわからないのだという。

『こないだ……ええと、言っていいのかな』

「いいよ、なんでも」

『うん……あのね、恋人同士だから、やっぱりそういう関係になるじゃない？』

「そういうって、どういう」

『だから……ふたりでホテルに入ったりするような』

「入ったの？」

『入ってない！　入らないよ、まだキスもしてないし！　本当だよ！』

今時の女性としてはかなり奥手ではないだろうか。ファッションの最先端で働く女性のわりに、若葉は古風な貞操観念を持っている。

『でも、彼はもっと、その、そういうことをしたいみたいで……デート中にホテルに連れて行こうとするの。友達は一回ぐらいやっとけって言うんだよね。体の相性を見て駄目だったら別れたほうがいいって……』

「たしかに一理あると思うよ。体の相性が悪いことも知らずに付きあいつづけて結婚まで行ったら、後で夫婦仲がすごく悪くなるって話もあるし」

『結婚……うーん、結婚かぁ。あのひとと……うーん』

「あんまり深く考えないでよくない？　セックスなんて節度をもって避妊さえしてればコミュニケーションのひとつなんだから、今時は」

なるほど、と若葉は言うが、あまり納得していない声音《こわね》だった。

それ以上は会話の進展はなく、通話も終わった。

憲秋は深くため息を吐く。

「あの若葉姉ちゃんが彼氏を作る時代かぁ」

口にして気が重くなる。電話では声に気持ちが出ないよう取り繕《つくろ》っていたが、内心はけっして穏やかではない。

小山若葉は初恋の女性だ。

なんだかんだでずっと好きだった。

彼女に恋人ができたと聞いたときの衝撃はすさまじかった。崖っぷちで足払いをかけられたような気分である。つづけて勤め先が倒産したせいで鬱病《うつびょう》にでもなるのではないかというぐらい消沈した。

「……でも、俺だって童貞は卒業したんだ」

初恋は初恋。割りきって前を向こう。

ひとまず成美手製の肉じゃがを食べて精を付けることにした。

またある日の昼食後、インターホンが来客を告げた。

自然と喉が渇く。口から水分がなくなる。

例のごとく成美の誘惑がはじまると思うと、血流が早まるのだ。

「はい、なん……で、しょうか」

玄関ドアを開けると予想外の顔があり、憲秋の口がこわばる。

「突然申し訳ございません、平川さん。実は洗濯物がそちらのベランダに落ちてないかと思いまして」

和久井澄子は楚々《そそ》とした仕草で頭を下げた。成美の気安さとは違って距離感も適度なもので、かえって憲秋を恐縮させる。

ノースリーブのサマーニットにふんわり広がったロングスカートも奥ゆかしい。このほか豊かなバストに目を奪われる自分が穢《けが》らわしく思えるぐらいだ。

なにより動揺を呼ぶのは、彼女の奥ゆかしくも美麗な面立ちだ。

貞淑な人妻を絵に描いたような造形に打ちのめされた気分ですらある。

「ベランダですね。ちょっと確かめてみます」

「ありがとうございます」

逃げるようにベランダに向かう。

ベランダの柵に敷き布団が引っかかっていた。普通なら一〇一号室の庭に落ちそうなものだが、風が強い日であればありえない状況でもないか。

布団を畳んで、どっこいしょ、と抱える。

「あ……」

思わず匂いを嗅いでしまった。

お日さまの匂いがする。

すえた性臭などしなかった。

「まあ、そうだよな……成美さんの言ったことなんてデタラメだよな」

成美の言葉が脳裏をよぎる。

――この棟だけでも私以外にもいるからね、浮気妻。

――たとえば澄子さんとか。

とんでもない話だ。デマだとしても悪質すぎる。

「和久井さんみたいなひとが浮気なんてするはずないだろ……」

苦笑をして、布団を玄関に運んでいく。

「ありました、和久井さん。お宅まで運んだらいいでしょうか？」

「まあ、よろしいんですの？」

「意外と鍛えてるんですよ」

最近は成美に体を褒められているから自信もついてきた。

布団を抱えて最上階の五〇一号室まで登る。澄子が先行してドアを開けてくれたので、スムーズに家にあがれた。

間取りはおなじだが、印象はまるで違う。家具や置物が多く、子ども用品も点在している。憲秋の部屋よりもずっと生活感があるのに、丁寧に整頓《せいとん》されている印象が強かった。住む人間が違うだけでここまで差が出るのかと感心させられる。

「こちらへどうぞ」

「和室ですね」

澄子が襖《ふすま》を開き、憲秋が布団を運びこむ。

畳の部屋に妙な緊張を感じた。自分の部屋にはない化粧台が気になるのか。

いや——違う。なにかが違うが、原因はわからない。

異質な芳香がほのかに漂っている。

頭の奥をくすぐる甘い香りだった。

「お布団はここに置いておけばいいでしょうか？」

用事を済ませたらはやく出て行かないと、なにかが危ない。

その予感は半分的中していた。

残り半分は「手遅れ」ということ。

「そこに敷《し》いてくださる？」

澄子が耳元で囁く。距離が近い。肩に触れている。腕にとびきり柔らかくて質量のある球体が押しつけられていた。

「す、澄子さん、ちょっと、その、近くて……布団、敷きにくいかもです」

「まあ、ごめんなさい。つい……」

恥ずかしげに目を逸《そ》らす澄子。

まさに貞淑な人妻の仕草。異様な色気を感じたのはなにかの勘違いだと自分に言い聞かせて、憲秋は布団を畳に敷く。

膝をついた憲秋の両肩に、そ、と手が置かれた。

「平川さん、ありがとうございます……わざわざうちまで運んでくれて」

「い、いえいえ、鍛えてますから」

「ええ……肩もがっしりしていて、とても男らしくて……素敵です」

肩をさする手つきが粘っこい。男の体つきを探るような執拗《しつよう》さだった。

「あの……澄子さん？」

「よろしければごゆっくりしてください。ちょうどお布団もありますので」

「でも、お布団は寝るためのものですが……」

「もちろんです……どうぞ、横になってくださいな」

後頭部にさきほどの柔らかさが押しつけられた。

もはや言い訳のしようもなく、それは胸であった。

乳房である。

豊満な澄子の体つきにあって、ひときわ大きく丸みを帯びた巨乳である。

「どうぞ体を楽にしてください……これはお礼ですから」

「で、ですが、さすがに他人様の家でこんなことは……」

「こんなこと、とは……どのようなことでしょうか」

言い含めるような口ぶりで言い、澄子は後ろから憲秋を抱きしめた。

奥深く柔らかな肉感と甘ったるい熟女の媚香に包まれ、男の筋力が溶けていく。なすがまま布団に押し倒されてしまった。

「うわ、澄子さん、まずいですよ……！」

横に転がると澄子と向きあう体勢になった。

彼女は真っ赤な顔を手で覆《おお》い、しきりにかぶりを振っている。

「ああ……ついにしてしまいました。平川さんと、おなじお布団に……！」

「ええと、はい、押し倒されてしまいましたが……」

「押し倒したなんて……そんな、私が不貞を働いたような言い方を……！」

一〇〇パーセント不貞なのではないだろうか。

成美の言ったとおり、和久井澄子は浮気妻なのではないか。

しかし耳まで赤くして恥じらう姿に嘘は感じられない。本気で羞恥《しゅうち》に悶えているように見えた。それでいて彼女は布団から立ち退《の》くこともない。

「平川さん……どうか私をふしだらな人妻と思わないでください……」

澄子は目を逸らしながら、憲秋の胸を撫であげた。

上体を起こし、憲秋の腰にまたがる。たぷん、と乳肉が服越しに揺れた。成美とくらべてもあきらかに重みの違う揺れ方だ。憲秋のまわりでこれに匹敵するバストの持ち主は、あの若葉ぐらいしかいない。

しかも一点、いや二点の異常がある。

胸の先端がぽっこりと膨らみ、服が突っ張っているのだ。

(ブ、ブラしてない……！)

視界の端、畳にブラジャーが落ちているのが映る。おそらく憲秋が布団を敷いているうちに外したのだろう。どう考えてもやる気満々だ。

「あぁ……いけません平川さん。硬いものが、すごく硬いものが、いけないところに当たってます……」

　いけないと言いつつ腰をよじり、憲秋の股間を刺激してくる。接触部は彼女の股間。服で隔《へだ》てられているが、まぎれもなく性器と性器。擬似的《ぎじてき》なセックスだ。意識するとますます海綿体が充血していく。

「こんなことはいけませんが……お布団を運んでいただいたお礼に……」

「も、もしかしてこういうお礼って流行《はや》ってるんですか……？」

　澄子は憲秋の問いかけには答えず、手を取って胸に導いた。成美のときとおなじ。違うのは憲秋が性戯の経験を積んでいることだ。

　導かれるより先に手が動く。触れるか触れないかの距離感で柔胸を撫でた。

（あ、大きい……！）

　指先が思った場所に届かない。成美よりも一回りは豊かな肉付きをしている。だが静かに指を滑らせ、先端部をすばやく引っかくと、反応は想定通りのものだ。

「あんっ……」

　澄子の上品に色づいた唇から湿った吐息と甘い声が漏れた。

　カリカリと何度も引っかけば、澄子の身震いは目に見えて大きくなる。

「……あ、ごめんなさい！　つい、いつもの癖で……！」

「い、いいえ、平川さんが喜んでくださるなら……あッ、ふぅんッ……！」

憲秋の指は止まらない。ついつい引っかいてしまう。妻であり母でもある美女がひとりの女に変わっていく反応を求めてしまう。

澄子の服の先端はどんどん尖っていく。乳房が大きければ乳頭まで大きい。服の厚みもあるのだろうが、親指の先にも及ぼうというサイズだった。

充分に太ったので、軽くつまんでみる。

「あぁ……だめぇ……！」

言葉と裏腹に声質からは拒絶の意志が感じられない。

しゅこしゅこ、と乳首をしごいてみる。

「あッ、アッ、はあぁ……！」

股のうえで柔股がビクビクと震えていた。布越しの裂け目に硬棒が食いこむ。そちらの快感も澄子を昂揚させているのだろう。彼女は顔ばかりか首まで赤くして呼吸を乱していた。

こうなると憲秋も止まらない。

不貞に関わる心苦しさ以上に男として猛《たけ》り狂ってしまう。

「揉みますよ、澄子さんの大きなおっぱい……」

「ああ、言わないでください……んんッ」

すでに彼女は仕上がっていると見て、服の裾をまくりあげる。

まろび出たのは想定よりひとまわり大きな双球だった。自重に屈して頭を垂れ、赤々と色づいた大乳首を憲秋の口元に突き出す。

「あむっ」

反射的にくわえた。なめ転がし、しゃぶり吸う。

「はんッ……！　あッ、やあッ……平川さん、赤ちゃんみたいに……！」

これほどの大玉を前にすれば赤ん坊に戻るのも仕方がない。

夢中で吸う。水音を立てるのは男としての責めっ気だ。揉みしだくのは赤ちゃん的な本能であり、男の欲望でもある。

(すごい、このおっぱい……！　大きくて、柔らかくて、重たくて、ずっと触って埋もれてしゃぶりたくなる……！)

成美との経験がなければ完全に赤ちゃん化していただろう。

極上の女性経験がごく自然に愛撫へと駆り立てる。

「あんっ、あーッ……！　ち、違うぅ……！　赤ちゃんはこんなことしないのにぃ……！　平川さん、すっごくいやらしいですッ……！」

指を食いこませるように激しく揉んだ。手の平にずっしりとかかる艶美な重みを愉《たの》しみながら、下乳の汗を塗り伸ばすように、揉んで、揉んで、執拗に揉む。揉みこんで揉みまわす。

これまでの責めで澄子の乳神経は熱くなっている。すこし乱暴に揉んでも気持ちよくなるだろう。実際、憲秋はズボンの前面に彼女の湿り気を感じていた。

(俺に揉まれて感じてるんだ！　あの清楚で美人な澄子さんが……！)

乳いじりに満足せず、腰も使っていった。

布越しに秘処を突く。ぬちゅぬちゅと粘っこい音が聞こえた。

「あッ、あんッ、平川さん、ズボンが汚れてしまいます……！　あ、ああ、こんなの、おもらししたみたいになってて……！」

「そうですね、澄子さんがいやらしいおつゆを流してるからですよ」

「あうぅ、意地悪です、平川さん……！」

澄子の泣き出しそうな声と淫《みだ》らな悶えぶりに、Sっ気が触発された。成美相手にはつねに守勢だが、たまには攻勢に出たいという気持ちもある。

「汚れないように脱がせてくれませんか」

言って、乳首に優しく歯を立てた。

「はっ、あぁぁあああッ……！　は、はい、平川さん……んっ、あぁんっ」

言われるままに彼女は動きだした。やはり人妻なだけあって慣れてる。ファスナーをずらし、ベルトを外し、ズボンをずるりと脱がすまで無駄がない。

ただ、勃起《ぼっき》した逸物が飛び出すとたちまち停止する。

「まあ……成美さんが言ったとおり、すごくたくましい……！」

逸らされがちだった澄子の目が憲秋の反り棒に釘付けとなっていた。喉が唾液を通してゴクリと蠢く。

生唾を飲んでいるのは憲秋もおなじだ。目の前の熟巨乳に圧倒されて何度も喉を鳴らしてしまう。

「……挟んでくれませんか」

思わず口走ってしまった。ＡＶや漫画で見たプレイだ。

「こう、ですか……？」

やはり澄子は言われるままに従ってくれた。

体をずらして、股間のうえに胸を持ってくる。谷間に亀頭が触れると、汗とカウパー腺液が混ざって吸いついた。

澄子がさらに身を落とすと、乳肉の重みが逸物にのしかかる。

若々しい勃起力が負けじと抗《あらが》い、
ぬぢゅりッ！

と、竿先が乳間に突き刺さった。

「ああっ、入ったぁ……！」

「はい……すごく元気に勃ってたから、挟まると思ってました……先走りもたくさん出ていてぬめりもあるから……」

ずちゅ、ずぢゅ、と深く飲みこまれていく。

根元まで入るのと、乳首が憲秋の股に当たるのは同時。

「んッ、はあ……入りました、平川さん」

澄子は四つん這いで乳肉を揺らした。パイズリは手で挟んで圧迫するのが定石だが、彼女ほどの巨乳なら重量がそのまま肉圧になる。揺れれば圧《あつ》のかかる箇所が変化していく。

「うっ、和久井さん、気持ちいいッ……！」

「はぁ、あぁ、平川さん、可愛らしい顔をしてますね……」

上目遣いに顔色を窺《うかが》う澄子の表情に、かすかな責めっ気がある。状況を愉しむ淫らな気性が垣間見えた。

（このひともやっぱり成美さんとおんなじだ）

いくら恥じらってみせても、自分から男を誘う浮気妻である。

そのくせ普段は清楚ぶっていて、憲秋に貞淑な人妻幻想を見せていた。

こんな人が奥さんなら幸せだろうな、と思ったことすらあるのに。

——裏切られた。

一方的な失望と興奮が入り交じって憲秋の頭を熱くする。

「澄子さんは浮気大好きなスケベな女の顔をしてますよ」

言葉で責めながら乳首を強めにつねった。

期待どおりに澄子の顔が淫らに歪《ゆが》む。

「うあッ！　あぁああ、言わないでっ、んッ、ああ、乳首が痛いですッ……！」

「ちょっと痛いぐらいがいいんじゃないですか？」

「あっ、そんなッ……ひんッ！　よくないですっ、優しくしてください……！」

「でもさっきからおっぱいが熱くなってますよ」

谷間は汗と体温で蒸し上がるほどに熱い。滑りもよくなって、澄子が喜悦に胴震いするたび肉茎が激しく摩擦された。熟した肉を包みこんだ媚膚《びはだ》は水気を吸いやすく、亀頭粘膜にもよく吸いつく。気持ちよすぎて頭が痺れそうだ。

（でもガマンして、もっと責めないと……！）

言葉責めをしてる方が暴発したら格好悪いなんてものではない。憲秋は肛門に力をこめて射精を我慢し、新たな攻撃に出た。

「ここだってグショグショのくせに」

膝を澄子の股間に差しこみ、濡れ穴に擦りつけてやる。

「うくッ、んんんッ……！　そ、そこは、まだ……！」

「気持ちいいんでしょう？　ほら、グリグリされるとたまらないでしょう？」

「あひッ、ひうぅぅううううッ……！」

反応は期待以上に大きい。澄子は腰をくねらせて感じ入っていた。その動きが胸にも連鎖し、乳間の男根をこねまわす。

痺れるような鋭い快感が亀頭に蓄積され、根元から発射欲が膨らんでいた。

（でも、まだ出したくない……！）

成美との行為ではなすがままイカされがちだが、今回は違う。

貞淑面《づら》をして実はふしだらな澄子に、どうしてもわからせてやりたいのだ。平川憲秋はやすやすと手玉に取れる脆弱《ぜいじゃく》な坊やではないのだと。

さらなる一手が必要だった。

「うっ、ふぅ、くッ……！　どうだ、どうだ……澄子！」

呼び捨ては効くと成美が言っていた。

はたして彼女のアドバイスは、覿面《てきめん》に通用した。

「あううぅッ……！　平川、さんッ……！」

澄子の白い肩が小刻みに震える。肉付いた体のあちこちから汗が噴き出てきらめいた。それがエクスタシーの予兆であることを憲秋は知っている。成美が教えてくれた。

確信をもってトドメを刺す。

「イッてください……いや、イけッ、澄子！」

乳首をぎゅっとねじあげた。

「ぁあああッ、ダメぇ……！　アナタ、アナタぁ……！」

和久井澄子は差し迫った快楽に全身をこわばらせ、激しく脈動した。

憲秋も乳間の愉悦に屈服する。

ふたりは時おなじくして頂点に達したのだ。

「ああっ、くッ、出るッ……！　いっぱい出る……！」

「んんんッ、熱いッ……おっぱいが平川さんので、熱いぃ……！」

絶頂しながら男の体液を深い谷間で受け止める人妻。

その表情は酩酊《めいてい》したようにとろけきっていた。


若い精力が一発で尽きるはずもなく。

浮気妻の欲望もまだまだお盛んであった。

「あぁ、ごめんなさいアナタ……でも私、もう我慢できません……！」

ビショ濡れのパンティを脱ぎ捨てると、澄子は止まらなくなった。

ふたたび憲秋の腰にまたがり、射精後の震えが続く肉棒に手を添える。

「平川さん……ごめんなさい、どうかこれを、ください……！」

「い、いいんですか……本気で浮気になっちゃいますよ」

憲秋はつい理性で返してしまった。逸物は最硬度を保っているが、心は射精を挟んでいくばくか冷静になっている。

とはいえ、自分から相手を押しのけようとはしない。

(ここまできたら最後までヤリたいけど……いやしかし、人妻ふたりと関係持っちゃうのはやっぱり……でも、パイズリしちゃったしなぁ)

頭で四の五の考える憲秋に対し、澄子の行動は迅速だった。

「ああ、まだ硬い……あのひとと全然違う……ほしい……！」

肥満に見えない範囲で皮下脂肪を備えた腰が沈む。

成美ほどではないが、充分すぎるほど豊満な尻肉が落ちてくる。

滝のように愛液を滴《したた》らせる欲溝が、ためらいなく亀頭を飲みこんだ。

「うッ、入ったぁ……！」

「はあぁ……！　また、しちゃいました……浮気、しちゃいましたぁ……！」

憲秋から目を逸らしながらも澄子は感じ入る。

秘肉を締め付けて肉棒をしゃぶりあげ、随喜《ずいき》のヨダレを下の唇から漏らす。

（な、成美さんとも全然違うけど、気持ちいい……！）

あちこちよく蠢く成美に対し、澄子は全体がぎゅっと窄まるタイプだ。肉がたっぷりついていて圧迫感も強く、シンプルに快感を与えてくる。

しかもためらいなく腰を遣うものだから、憲秋に落ち着く暇はない。

「あんッ、太いッ……！　硬いっ、熱いッ、若い子のおち×ちんすごいッ……！　腰、勝手に動いてしまいますッ……！」

「そ、ちょ、ええと、ああ、その、この浮気妻、めぇ……！」

憲秋の言葉責めはすっかり揺らいでいた。

騎乗位で腰を振る澄子に圧倒されてしまう。柔尻がねっとりと円を描き、剛直を膣内で振り回している。

そして目の前ではヘヴィ級のバストが揺れ動く。空気の乱れが憲秋の鼻先をくすぐる。顔面を連打されて脳震盪《のうしんとう》が起きている心地だった。男として乳揺れに心揺らされないはずもない。

（だ、ダメだ……！　めちゃくちゃ興奮して、混乱する……！）

熟練の人妻を責めつづけるのは容易ではない。つい最近童貞を捨てて粋がる若造など、澄子にとっては小腹を満たすおやつに過ぎないのか。

「ああァッ、はあんッ、こんなに気持ちよくなってしまうなんて、ごめんなさいアナタっ、あんッ、あーッ！」

澄子は夫に謝りながらも腰を止めない。むしろ加速していく。

円運動から前後動へ。

ぱちゅんぱちゅんとリズミカルに快感を貪《むさぼ》る。

「す、澄子、さんッ……！　動きすぎッ……！」

「……呼び捨てては、しないのですね」

「……澄子！」

「あはぁッ、いやぁ、ダメぇ……！」

さん付けと呼び捨てで膣内のうねりがあきらかに違う。後者のほうが段違いに吸いついてくる。

（このひと、浮気をエンジョイしすぎだろッ……！）

事ここに至って憲秋は理解した。

和久井澄子は間違いなく不貞行為を愉しんでいる。若い男に呼び捨てにされ、自分の女であるかのように扱われることに、強い興奮を感じている。

憲秋にとってもそれはおなじことだ。

年齢で言えば澄子は母親に近いと言ってもいい。そこらの年増より肌は綺麗だし顔立ちも若いが、それでも若い女とは段違いの濃い雌臭を漂わせている。

極上の熟女を我が物顔で貪る悦《よろこ》びは、かつて味わったことのないものだ。

「澄子、気持ちいいか……！　若い男とのセックスが好きか！」

鋭く腰を突きあげて問う。

「んああッ、そ、そんなことは……！」

「ないわけないだろ、こんなにいやらしく体をよじってるのに」

まろやかな肉付きがあちこちヒクつく。そのたびに振動が胸に伝わって熟れ乳を揺らした。憲秋は下から見あげる角度なので、ことのほか巨大で重たげな振り子に見えている。乳首も痛々しいほど充血していた。

「澄子は浮気好きの淫乱なんだな……！」

「ひどい、ひどいですっ、平川さん……！　私は、ただ……！」

「ただ、なんです？　夫婦の寝室に若い男を連れこんで押し倒す理由が、ほかになにかあるんですか？」

「あああぁあッ、それは、それは……！　んんんんッ！」

澄子は人差し指の第二関節を噛んで悦声を抑《おさ》えた。それでも柔腰は弾む。激しい横揺れで男根をしごきまわす。挿入が解けないのは根元まで刺さっているからであり、キツく締め付けて離そうとしないからでもある。

「ど、どんだけ若いチ×ポ好きなんですかッ……！　締め付けすぎでしょ……！」

憲秋は負けじと素早く小刻みに腰を振った。騎乗位だからといって相手だけに動きを任せたくはない。

リズムをあわせる。突きあげた際に挿入が一気に深まり、最奥をゴチュッと押しつぶすように。すると露骨《ろこつ》に澄子が悦ぶ。

「あひッ、はぁああッ……！　いけませんっ、平川さん、ダメッ……！　そんなにいけない突き方されたら、私、ひあッ、私、あへっ、もう……！」

澄子はすでに限界が近いのか、ひどく喘ぎ声が歪んでいた。

襞肉も激しく蠢動《しゅんどう》して余裕がない。それがまた肉棒を咀嚼するような動きで、憲秋の余裕まで削《そ》ぎ落としていく。

「くぅう、も、もう、俺もそろそろ限界だ……！」

「あぁッ、今日は安全日だからといって、中に出すのは堪忍《かんにん》してッ……！」

などと澄子は言いながら、上体を倒して抱きついてきた。熟乳を押しつけ、全身の体重で憲秋の動きを封じるためか。腰尻は杭を打つように猛然と上下していた。搾り取る欲望しか感じられない獰猛《どうもう》なピストン運動だ。

こうなると中出し以外では澄子も収まらないだろう。

「なら、出すッ……！　中に出すぞ、澄子ッ！」

憲秋は乗った。乗せられたと言うべきか。

ラストスパートで膣奥を連打し、彼女の肉尻を押しあげていく。

「いくッ、イクッ……イケっ、澄子！」

「んはぁあああッ！　ごめんなさいアナタぁ……私、イキますぅーッ！」

最後の瞬間、ふたりは腰を全力でぶつけあって法悦を極めた。

襞々が奥へ奥へとかきこむような動きで肉竿を責める。精子を子宮へ取りこむための蠕動だろうか。

——澄子の体が孕《はら》みたがっている。

昂揚感が後悔と絡みあって鈴口から飛び出した。

びゅーびゅーと呆れるほど勢いよく、執拗に、精子が注《そそ》がれていく。

「ああ、憲秋さんッ、こんなに勢いのある射精、はじめてぇ……！」

「俺もこんなに抱き心地のいい女性ははじめてです……！」

抱きしめると全身がマシュマロのように柔らかい。のし掛かる重みも心地よい。冬場の掛け布団も多少重いぐらいがちょうどいいのだ。

憲秋は絶頂の余韻を熟女の肉に溺れながら満喫した。

第三章　W人妻の連続淫戯

浮気。

不倫。

不貞。

社会的に悪と見なされる行為。犯罪でなくとも悪行だ。

成美や澄子との関係は蜜のように甘い。何度か経験して抜け出せないほどハマってしまった。

当然、後ろめたさもある。団地という狭い環境では、彼女らの夫や子どもをよく見かける。そのたびに胃がキュッと窄まって罪悪感を覚えた。

「もし旦那さんたちにバレたら……謝るしかないよなぁ」

慰謝料を請求されたら拒絶などできないだろう。当たり前だ。自分はそれだけ罪深いことをしたのだ。

わかっているのに抗《あらが》えない。

快楽に屈してしまう。

破滅への道を歩んでいるのかもしれないと震える夜もあった。


「平川くん、おまえさん成美を抱いとるだろう」

破滅の時は真っ昼間に訪れた。

一〇二号室の野尻家に呼び出され、皺くちゃの雄次郎にズバリと言われた。

「申し訳ございません。おっしゃるとおりですっ！」

憲秋はフローリングに頭突きせんばかりの勢いで土下座した。

野尻雄次郎は資産家であり、多方面に顔が利く。制裁する気なら憲秋ぐらいなんとでもできるだろう。なにをされても文句を言える立場ではない。

「で、平川くん。うちのナルちゃんはどうだった？」

「は、あの……ごめんなさい」

「謝らんでもよろしい。それよりナルちゃんとのセックスはどうだった？」

「ごめんなさい、本当にもうすべて野尻さんの言うとおりにします」

「なら答えなさい。ナルちゃんの具合はどうだった？」

おそるおそる見あげてみれば、雄次郎の顔には笑みが浮かんでいた。深い皺が生み出す奥深い笑顔は底抜けに明るい。糾弾《きゅうだん》の意図は窺《うかが》えないが、怒りが振り切って笑うしかない状態とも考えられる。

どちらにしろ逆らう権利は憲秋にない。

「ええと、それは……とても、あの、すばらしい方で……」

「気持ちよかったろう？　ナルちゃんはえっちだからなぁ。とくに尻！　デカくてつかみ甲斐があって、後ろから突くとたまらんだろう！」

「あ、その、後ろ……ええと、その」

「わしも五年ほど前まではハッスルしとったんだがな、だんだん勃ちが悪くなってきてな！　困ったことにナルちゃんを満足させてやれんのだ！」

からからと雄次郎は楽しげに笑う。

次の瞬間、笑いながら鉄砲でも撃たれるのでは？

憲秋は嫌な想像に脂汗を垂らした。

「ちょっと雄ちゃん、最初にどういうつもりか話さないとダメでしょ。憲秋くんすっかり怯《おび》えちゃってるじゃないの」

ガラステーブルにアイスコーヒーが置かれた。カランと氷が音を立てる。

成美は雄次郎のまえに麦茶を出すと、彼の座るソファの隣に腰を下ろした。浮気の片棒を担《かつ》いでいるのに悪びれた様子は一切ない。

「なに？　怯えさせてしまったのか？　そりゃ悪かったな、平川くん！」

雄次郎は妻を責めるでもなく、優しく肩を抱き寄せていた。

「あのね、憲秋くん。うちのひとは浮気大歓迎なの」

「はあ……は？」

「さっきも言ったとおり勃ちが悪くなってな！　精子も活《い》きが悪い！　わしではナルちゃんを満足させてやれんし、子どもも作れん……だから若い男で満足して子どもも作ってきてくれと頼んでおるわけだ」

慮外《りよがい》の情報に脳がついていかない。

憲秋は震える手でグラスをつかみ、アイスコーヒーを渇いた喉に流しこむ。

一息つく。

「……つまり、成美さんと浮気しても、野尻さん的にはOKなんですか？」

「うむ！　とくに当たりやすい日には絶対に抱いてほしい！　わしはもっとナルちゃんの子どもが見たいのだ！」

「ほんと子ども好きなのよね、このひと」

「子どもと遊んでると気分が若くなるからな！」

「もうぜんぜん勃たないおじいちゃんなのにねぇ」

「一昨日は一発出せただろう？」

「でも一発で腰砕けじゃないのよ」

ガハハ、アハハ、と仲むつまじく笑いあう野尻夫妻。

紛れもなく両者のあいだには愛情がある。ふたりにとっては浮気すら夫婦愛のスパイスにすぎないのだろう。

「では、今後も成美さんとの、その……浮気は、つづけて良いと」

「もちろんだ！　平川くんの精子なら良い子が生まれそうだからな！」

「あ、私だけじゃなくて澄子さんもね？」

突然もうひとりの人妻にまで話が飛んで、憲秋は目を白黒させた。

「まさか、澄子さんの旦那さんも……？」

「あっちはもうちょっと複雑なのよねぇ……」

「うむ……和久井くんはちと難儀なところがあるからな」

成美と雄次郎が苦笑しあう。

「じゃあ、やっぱり正式に謝罪したほうが良いんじゃ……」

「それはダメ。むしろNG。憲秋くんはいままでどおり……ううん、もっと好き勝手に振る舞ったほうがいいんじゃないかな。だってあそこの旦那さんは——」

成美の口から明かされた和久井家の秘密は想像を絶するものだった。

確かなことは、不貞行為を遮るものはないという一点である。

「じゃあ……俺、このままでいいのかな」

社会的には悪でも、個人間の関係次第で善行になることもある。

これからも人妻との快楽生活はつづいていく——


と、思いきや。

めくるめく桃色の日々はたちまち危機に陥《おちい》った。

闖入者《ちんにゅう》が現れたのは夕食後のことだ。

スーツケースを引きずって、彼女は玄関に踏みこんできた。

「ノリくん、しばらくここに住ませてくれないかな」

「カバ姉……なんでいきなり」

小山《こやま》若葉。

ふたつ年上の幼馴染みは瀟洒《しょうしゃ》で華やかな佇《たたず》まいだった。

優しい桜色のスカートスーツはフェミニンなデザイン。ゆるくウェーブのかかったセミロングの髪と赤い口紅を軸にした化粧も実に鮮やかである。

なによりバストの張り出し方がすごい。澄子にも匹敵するすさまじいバストだが、違和感なくスーツを着こなせるのはファッションセンスの賜物《たまもの》だろう。

「部屋が余って逆に困るって言ってたよね？」

「たしかに余ってるけど、そんないきなり……」

「ダメ、かな……？」

若葉は上目遣いに見つめてきた。背が低いので結構な急角度だ。くわえて顔立ちはひどく童顔である。化粧を落とせば十代と言っても通用するだろう。

小さい幼馴染みに見あげられると憲秋は弱い。

「わかったよ、とりあえず入って」

「ありがと、ノリくん。昔からなんだかんだ優しいよね」

嬉しげに弾む声が微笑《ほほえ》ましい。言うことを聞いて良かったと思ってしまう。

ひとまずリビングに通して麦茶を出した。

「あ、麦茶好き！　助かる！」

若葉はちょこんと正座して麦茶を三口飲む。

彼女が落ち着くのを待って、あらためて事情を聞くことにした。

「で、なんでまた急に実家を出てきたの？」

「ぶっちゃけ飽きちゃったの」

答えは明快だった。

「就職から二年経ってようやく？」

「そりゃあね、会社勤めがはじまるまえに、一人暮らしをはじめるのが良かったかもだけど、タイミング逃したらズルズルいっちゃうことってあるでしょ」

「おばさんの料理おいしいしなぁ」

「料理は私だって上手いよ？　でも、ほら、なんとなくっていうか」

実際、実家とは便利なものだ。勝手にごはんが出てくるし、自分で洗濯をしなくてもいい。親の小言《こごと》に耐えられれば最高の環境と言ってもいい。

「だからって、うちじゃなくてもいいじゃないか」

「だってここ、会社まで自転車で通おうと思ったら通える距離じゃない？」

理由としては納得できないこともない。

ただ、今後の展開を考えるといささか困る。人妻たちとの関係を抜きにしても、うら若い女性との同棲には問題がつきまとうだろう。とくに相手が恋人でもなんでもない、ただの幼馴染みであれば。

「はっきり言っとくけど……もし一緒に住むにしても、彼氏さんは絶対に連れこんでほしくはないよ」

若葉の恋人となにを話していいかわからない。ましてや、ふたりの部屋から嬌声が聞こえてこようものなら、複雑な気分なんてものではない。初恋の女性が自分以外と交わってよがる声など、間違っても聞きたくはない。

対する彼女の回答は、

「ウ」

珍妙な鳴き声だった。

「……なに、そのウって」

「いや、べつに……ちょっと、ええと、その、ね」

若葉は昔から隠し事が下手《へた》だった。目がすぐ泳ぐし、ただでさえ高い声がたびたび裏返る。サプライズパーティが成功した試しなど一度もない。

疑念の視線に気づいたのか、彼女はまたウとうめいた。

沈黙の時間がつづくと、観念したのか大きく嘆息する。

「……別れちゃいました」

「マジ？　こないだホテル行ってダメだったから？」

「ハッキリ言わないでよぉ。私だって悪いかなって思ったけど……でも、それから二回もホテルに入って、どっちもダメだったから……」

すこし胸が痛んだが堪《こら》えることはできる。

ダメだった、というのは、最後までしなかった、ということだろう。

セックスはしていないとして、キスはしたのだろうか。抱きしめあったのだろうか。

小柄な体躯に反した巨乳を揉まれたりしたのか。

（どうしても意識しちゃうなぁ）

憲秋は険しい顔をしないよう極力冗談めかすことにした。

「いまどき身持ち堅すぎでしょ。最近は人妻だって……」

「人妻？」

「いやなんでもない」

冗談では済まない話をするところだった。

言えるはずがない。最近は旦那公認で浮気をする人妻もたくさんいるよ、などという地域情報は。

「お母さんがさぁ……彼氏に会ってみたいって言って聞かないの……いまさら別れたなんて言ったらガッカリされそうだし……家にいづらいの！」

「それが本当の理由か」

「ウゥ」

結局、憲秋は若葉を追い返すことができなかった。

悩ましくもあり、ほっとする気持ちもある。表には出さないが、若葉が恋人と別れたという話に安堵《あんど》していた。

こうして、彼女には未使用の一室を貸し与え、滞在中は家賃光熱費を折半する協定で、ふたりの同棲がはじまったのである。


若葉はすぐに団地住まいに慣れた。

朝の出勤時に団地の住人と顔をあわせればニッコリ笑って会釈する。

「おはようございます、二〇一号室の平川と一緒に住むことになった小山です。これからよろしくお願いします」

笑顔は愛らしくて礼儀も正しい。主婦勢からの評価も上々。

「若葉ちゃんいいわねぇ、お行儀よくて。澄子さんにちょっと似てない？」

「あら、成美さんみたいに明るい子だと思いますけど」

「気持ちのいい子ですね」

成美と澄子はおろか、いつも険しい顔の津賀夫人も態度を軟化させた。

「俺より馴染むの早いなぁ」

昔から若葉は人好きのするタイプだった。おなじ家に住む憲秋としては周辺住民との関係に問題が出なくて一安心である。

ただ、別の意味での問題はあった。


「それで、憲秋くんはヒモになっちゃうの？」

成美は我が物顔で敷居をまたぎ、問いかけてきた。

「いや、まだ普通に就職活動中ですけどね、はは」

居たたまれなくて憲秋は笑みを引きつらせる。

「そうなの？　あの子たぶんお仕事できるタイプだし、憲秋くんはヒモなり主夫をやると思ったんだけど」

「カバね……あのひとは家出みたいなもんですよ。じきに実家に戻るか、別の家を見つけて、すぐにいなくなると思います」

「どっちにしろ昼間はお仕事でいないのよね」

「帰りはだいたい夜ですけど……」

にんまり笑って距離を詰めてくる成美が、すこし恐い。

「じゃあいつも通りで大丈夫ね」

「……まだやるつもりなんですか」

「そりゃそうでしょう。雄ちゃんも子どもほしがってるし、私もほしいし」

成美は見せつけるように自分の体を撫でおろした。

胸から腰へ、急角度で広がる巨尻まで。

そ、とソファの背もたれに手を置き、背後の憲秋にぐっと腰を突き出す。今日は珍しくズボンでなくミニスカートで、裾からムッチリした太ももが伸びている。

「こんなとこでなにする気ですか……」

「ベッドも飽きたかなと思ったんだけど」

人妻の艶腰が左右に揺れた。ミニスカートの裾が揺れて、太ももが付け根近くまで覗ける。平素の成美とは違う女性的な服装のチラリズムに、憲秋はたまらず手に汗を握った。

「若葉ちゃんとはしてないんでしょ？」

「な、なに言ってるんですか。カバ姉はただの幼馴染みだし……」

「つまり溜まってるってことでしょ？　この家、お隣との壁は厚いけど家のなかはドアが薄いし襖が多いから防音性皆無だし」

図星である。若葉がいてはセックスもオナニーもできない。ただでさえ人妻との関係がはじまってから性欲が増えているというのに。

成美の誘惑は恐ろしく股間に響いた。

「手っとり早く抜いとかない？　後ろからね、動物みたいに」

成美はみずからスカートをまくりあげた。ゆっくりと焦らすように。

徐々に露《あら》わになるのは黒レースで肌色の透けるショーツだった。しかも秘裂が剝《む》き出しの淫猥《いんわい》なデザインで、滴《したた》る液のきらめきすら窺える。

「ほら、もう濡れてるでしょ？　若くて硬くてぶっといのと浮気セックスしたくて、ずっとウズウズしてたんだからね？」

肩越しにねっとりと笑いかけられた。あきらかに挑発だ。若い男など性欲猿だと高をくくって煽《あお》っているのだろう。

こいつめ――。禁欲気味の状態もあって頭に血が昇った。

亀頭にも血が集《つど》った。

気がつくと彼女の腰をつかんでいた。

「後ろからヤリますよ、成美さん……！」

「はーい、お好きに」

余裕のリアクションがまた腹立たしい。

一泡吹かせるつもりで一息に根元までねじこんでやった。

「あんッ、すごッ……！」

「濡れてるからいきなり動きますよ……！」

ジュクジュクにぬかるんだ媚穴を往復する。前からの挿入と違い、入り口に引っかかるような感があった。引っかかりとは圧迫であり、ペニスにとっては快感だ。たくみに絡みつく肉襞は相変わらずの気持ちよさ。

憲秋は夢中になった。

「うッ、はあっ……くッ、成美さん……！」

自然と腰遣いが早くなり、パンパンと肉打つ音が鳴り響いた。

成美の大きな艶尻は強い衝撃を受けると大きく波打つ。肉付きがよく、柔らかな肉質でなければこうは揺れない。下腹を打ちつけても厚みのある柔肉で受け止められて心地よい。もっともっと激しく突きたいと思ってしまう。

「そう、あふッ、後ろからすると奥まで入りやすいから、小突くつもりで深く深く入れちゃうのよ……！　女の一番奥にはね、ポルチオっていう気持ちよくなれちゃう場所があるからッ……あぁんッ」

「し、知ってます……！　子宮の入り口、ですよね……！」

「責められるとお腹が熱くなって、精子ほしくなっちゃうところよぉ……！」

やはり彼女は子種を求めている。夫以外の男の種で孕みたがっている。

（い、いいのかな……？　よその家に託卵《たくらん》なんて……）

夫婦がそろって望んでいるのだから問題はない。

わかっていても一般的な倫理観が不安を誘う——が。

「悪いことしてるって思うと興奮しない？」

見透かすように成美が言う。

「人妻を後ろから乱暴に突いて、自分勝手に射精しちゃうとか、ほとんどレイプみたいなものよね……んっ、ふふっ」

「そ、それは、まあ、そうかもしれないけど……！」

「試しに犯してるって思ってごらんなさい……燃えるから」

成美はソファの背もたれに突いた手をぎゅっと握りしめた。尻を左右に振って、

「いやぁ」と声音を苦しげなものに変える。

犯されてる人妻の演技だろう。

「自分から誘っておいて……！　この、このッ！」

図々しいにもほどがある。苛立ちを込めて腰を叩きつけた。豊かな尻肉に己を埋めるほど強く、亀頭が子宮口を押しつぶすほど荒々しく。テンポは崩さず、原始的な律動に従って前後した。

（たしかに後ろからこういうふうに突いてると、普段と違うかも……！）

摩擦熱が快感となって男根を茹《ゆ》だらせる。

女が抵抗できない体勢や、一方的に相手を見下ろしている状態は、男の攻撃性と支配欲を刺激して止まない。

「あっ、いやッ、はぁあッ……！　もうダメぇッ、キちゃうッ、犯されて大きいのキちゃうぅぅ……！」

成美はソファに顔を擦りつけて背を震わせた。膣口も痙攣しはじめている。

「イけッ、成美イけ！」

憲秋は勢いあまって成美の尻を平手で打ってしまった。

それが最後の一押しになるとも知らずに。

「ぁぁぁぁぁぁッ……気持ちぃぃッ……！」

すさまじい勢いで襞つきの豊かな肉溝が収縮した。絶頂だ。

締めつけられた男根も限界に達し、快楽の本流を噴出させる。

人妻の子宮に精子を注ぎこむ。

憲秋が後悔するのは射精が終わって呆《ほう》けた後のことである。


夜。

若葉は帰ってくるなりソファに寝転がった。

「疲れたよぉ……でもお仕事がんばったよぉ……偉いでしょ？」

「はいはい、カバ姉がんばったがんばった」

「そうよねぇ、がんばったよねぇ……」

「そうそう、がんばって偉い偉い」

気のない返事をしながら、憲秋は内心の動揺を必死に抑えこんでいた。

彼女が寝転がったソファは、昼間に成美と交わった場所である。背もたれに手をついた成美を後ろから、強姦じみた勢いで犯した舞台である。

淫らな記憶の染みついたソファに幼馴染みがいる。

仰向けになると胸の盛りあがりが重力に負けて横に広がる。ブラウスが突っ張って独特の皺が寄る様《さま》は巨乳ゆえの絶景だ。

(そういう目で見ちゃダメだ……)

若葉の胸を性的に見たことがないわけではない。むしろ大いに見てきたし、マスターベーションのオカズとしては定番の眺めと言ってもいい。

ただ、成美と浮気行為をした数時間後なので、後ろめたい気持ちが大きかった。

「よし、じゃ晩ご飯にしよっか」

若葉は立ちあがって、小さい体で大きく伸びをした。

「カバ姉は横になっててていいよ、盛りつけてご飯よそうだけだし」

今日のおかずはイカゲソフライとわかめサラダ。若葉が帰りにスーパーで買ってきてくれたものだ。

「せっかくだしお味噌汁作るよ。冷蔵庫に刻み油揚げあったでしょ？」

返事も聞かずに若葉はエプロンをつけた。

止める間もなく台所に立ち、手際よく味噌汁を作る。

その間に憲秋はフライを電子レンジで温め、サラダを盛りつけ、白米を茶碗によそった。それらをリビングのローテーブルに並べ、冷蔵庫から麦茶を出すころには、味噌汁もできていた。

「いただきます」

ふたりで向きあって夕食を取った。

出来合いのおかずがいつもより美味しく思えたのは、若葉がやたらと美味しそうに食べるからだろう。幸せそうに和《やわ》らぐ童顔を見ていると、極上のご馳走を食べているような気分にさせられる。

（新婚生活ってこんな感じなのかな）

自然にそう思った。


新婚生活を意識したせいか、若葉の動向が気になって仕方なくなった。

初恋の女性と一つ屋根の下では、嫌でも彼女が目に入る。

たとえば風呂上がりの茹だった姿。

「お風呂気持ちよかったよ。ノリくんも入りなよ」

若葉はバスタオルを頭に押しつけて髪の水分を取っている。タオルの隙間から覗ける顔は化粧が落ちて、あどけなさが増していた。目はぱっちりと大きく、火照った頬はやんわりした輪郭を描く。制服を着ればまだまだ学生で通用するだろう。

だが首から下を見ると印象が違う。

(小さいわりにスタイルはいいからなぁ、このひと)

控えめに花柄の入ったキャミソールは可愛らしいデザインなのに、豊満なバストに押しやられて気の毒なぐらい張り詰めている。しかも脇から乳肉がはみ出していてサイズ違いの感すらあった。

下はおなじ柄《がら》のショートパンツだが、白い脚が根元近くまで剝《む》き出されている。柔らかそうな肉を乗せながらも、すらりと長い印象のある脚だ。背が低くとも腰の位置が高いことは、本人的にはバストサイズより自慢に思っている節がある。だからこそ見せつけるような服を着ているのかもしれない。

「……カバ姉、家のなかだからって、もうちょっと服装は考えたほうがいいよ」

「なんで?」

「そりゃあ、ほら、親しき仲にもってやつだし」

「でもキャミもパンツもかわいいよ?　ほら、よく見て」

若葉はキャミソールの肩紐を上げ下げしてアピールしてきた。子どものように無邪気な態度だが、裾からヘソが見え隠れするのは危ない。目に毒だ。

なによりも、心なしか、気のせいかもしれないが。

キャミソールが上下するたび、胸の先端にぽっちり突起が浮きあがっていく。裏地でこすれて敏感部が充血しているのかもしれない。

「わかった……わかったから、もういいから」

「でしょ？　可愛いでしょ？　会社でもこういう可愛いブランド作らないかって言ってるんだよね。キッズ向けはあるけど大人用の可愛いのは上が渋ってて……」

御機嫌に語る若葉。

乳首が浮いていることに気づいていないのだろうか。

「俺、お風呂入る」

憲秋は硬くなりだした股間を隠すべく、逃げることにした。

「肩まで浸《つ》かって百数えなさいね」

「子どもじゃないんだから……」

退散して風呂に入ると、今度は若葉の入ったお湯であることを意識してしまうのだが、それはまた別の話である。

風呂から上がると気が楽になっていた。

血行が良くなって神経も安らぎ、眠気がじわじわ込みあげる。

面倒なことはすべて忘れて床につきたい。

そう思っていられたのは、奇妙な声が聞こえてくるまでのことだった。

「……ん……ぁ……ぅう……」

押し殺したうめき声は、泣いているかのようにも聞こえた。

「カバ姉……？」

隣家との壁は厚いので、声が聞こえるとしたら同居人が第一候補だ。

(彼氏と別れたこと引きずってるのかな)

若葉の部屋は二つある和室のひとつ。出入り口は襖なので防音性は皆無に等しい。

近づいてみると、よりはっきりと音が聞こえた。

「ぁあ……だめ、んッ……これ気持ちいいっ……」

甘く悩ましい嬌声が憲秋の脳を衝《つ》く。

音を立てないよう、慎重に襖に耳をそばだてた。

くちゅ、くちゅ、という水音が小刻みに爆《は》ぜている。ねっとりした喘ぎ声といい、間違いなく淫感への刺激により自然と漏れ出る音だった。

「あんッ、んっ、んーッ……！　さっきの、ヤバいよね……やっぱり、絶対、見られちゃってたよね……はぁんっ」

独り言の内容まではっきりと聞こえる。

「乳首、あんなに勃ってると思わなかった……んっ、あぁ、ノリくん完全にガン見してたよぉ……！　明日どんな顔すればいいのかなぁ……はぅんッ」

気づかれていた。青ざめそうな心持ちだが、むしろ顔は熱い。鼓動が早鐘を打っている。ドキドキして、興奮していた。

(カバ姉がオナニーしてる……俺のことを考えて！)

想像もしなかった事態に股間がいきり立って仕方ない。パジャマのうえからついつい触ってしまう。

「ノリくんにえっちな目で見られちゃった……あッ、やばっ、ヤバいかも……！　これ、ヤバっ……んぅう、きちゃう、きちゃうきちゃうぅッ……！」

水音が加速していく。嬌声が高まっていく。

間もなく若葉は快楽の極みに達した。

「んんんんんぅうッ、んんんん〜……ッ！」

どれだけ押し殺しても隠しきれないアクメ声が長々と尾を引く。

最後に一言、男の名前を口にして。

「ノリくん……」

別れた恋人の名前ではない。

その事実に、あろうことか憲秋は射精していた。

「うっ、嘘だろ……！　ちょっとさすってただけなのに……！」

オカズにされてしまった。彼女は自分を想ってオナニーをしてくれた。

友人か弟ぐらいの感覚で接している相手だと思っていたのに。

憲秋はパンツとズボンを汚しながらも、言いしれぬ昂揚感を覚えたのだった。


翌日から憲秋は心機一転して健全に生きることにした。

朝もダラダラせずにサッパリと起きて、ゴミを出し、朝食を食べ、同居人を送り出し、インターネットで新たな職場を探し、電話をかけたりメールを送ったり。

「カバ姉が俺のこと意識してるんだ。がんばろう……！」

初恋の気持ちはいまだ胸に息づいている。

彼女に恋人ができたことで押し殺していたが、ずっと変わらず好きだった。

なら一途《いちず》になりたい。人妻の誘惑に負けたくない。

再就職を決めて一人前の男になったら、今度こそ告白しよう。

決意も新たに過ごす午後のひととき——ばさ、とベランダで音がした。

「ごめんなさい、お布団が落ちてしまって」

「またですか和久井さん」

一見清楚な熟妻は狙い澄ましたようにやってきた。下の階のベランダに布団を落とす独自のテクニックがあるのかもしれない。

やむなく憲秋は布団を抱えて五〇一号室に登った。夏休みなのに子どもたちの姿はない。またどこかに遊びに行ってるのだろう。

「では俺は失礼します」

「どうぞごゆっくりしていってください」

澄子はさりげなく出口を塞《ふさ》ぐように立ちふさがっていた。

(このひと、清楚なのは表面だけでヤル気満々だ……)

成美と雄次郎から聞かされた和久井夫妻の性事情が思い出された。

野尻夫妻ともまた違った性の歪みが空気を淀ませている。呼吸するたびに臓腑が発酵してアルコールのような酩酊感を醸《かも》し出す。澄子の豊熟した肉体だけでも男としてはたまらないものがあるというのに。

「お茶でもどうですか？　話し相手になってくださると嬉しいのですが……」

「い、いえ……あまり長居すると旦那さんにも悪いので」

意図せず口にした言葉がまずかった。

澄子ははっと頬を赤らめ、目を逸らしながら、そそ、と近づいてくる。

「夫は……気づいていませんから……」

ふたりの体が重なった。特大の水風船じみた乳房が憲秋の胸板に押しつけられ、ぐしゃりと煎餅《せんべい》のように潰れる。潰れた分だけ圧迫と柔らかみが感じられた。

「す、澄子さん……」

「あぁ……名前で呼ぶのですね……」

澄子は恥じらいに目を伏せて顔を背《そむ》ける。

いや——違う。おなじ方向に目を向けて憲秋は気づいた。

棚に飾られた花瓶と木彫りの熊の狭間にレンズの輝きがある。

（カメラだ……！　あんなに露骨に置いてたのか……！）

ビデオカメラをただ置いているだけのはずもない。おそらくいまも動いているし、記録された動画はあとで確認されるだろう。

澄子ではなく、夫の利康によって。

「こんなことしてしまって、あのひとに顔向けできないけれど……」

顔向けはしている。カメラ越しに見つめ合っているはずだ。

――ぶっちゃけるとな、利康くんは寝取られマニアというヤツなのだ。

雄次郎が言っていたことを思い出す。

これは和久井家の業《ごう》の話である。


事の発端は、和久井利康が無精子症と発覚したことだ。

良家である和久井家の跡継ぎを産むことが、妻である澄子の使命である。一向に妊娠しないことで白い目を向けられることもあった。

しかし、原因は夫の利康にあった。

ふたりは苦渋の決断を強いられた。

和久井家の種をほかの男から受け取ること――すなわち利康の弟と澄子がセックスするということだ。

利康は家の方針に逆らえずに妻を差し出した。

そして妻が弟の子を出産するころ、和久井家で方針転換が起きた。海外事業で成功した叔父が手をつくして当主の座を奪い取ったのだ。

利康は傍流《ぼうりゅう》に追いやられ、壊れてしまった。

「妻の寝取られる姿をもっと見たい」

打ちのめされすぎて目覚めてしまった、というべきか。

団地に住むようになったのも目覚めたがゆえだ。

傍流に追いやられたとはいえ、一戸建てで暮らす余裕は充分すぎるほどにある。資産家である野尻雄次郎が団地を選んだのは近隣の子どもと気軽に触れあいたいからだが、利康が選んだ理由は、「寝取られやすそうだから」だという。

壁を隔《へだ》てた場所によその男がいる。

ベランダ伝いに間男が忍びこんでくるかもしれない。

あるいは妻が間男の家に通うのではないか。

歪んだ願望に舌なめずりをして、和久井利康は妻の不貞を待ちわびている。


(そんな変態性癖に付き合わされたくない……！)

と。思いはするのだが。

「あッ、あはあぁ……！　そんな乱暴にほじくらないでくださぃ……！」

澄子は中腰で膝に手を突いたまま総身を震わせた。小刻みな震えは乳肉で大ぶりの躍動に変換される。服はまくりあげられ、ブラジャーはない。抱きついた時点でノーブラだった。あまりに無節操で、憲秋としては腹立たしいぐらいだ。

怒りをぶつけるべく、指で秘処をほじくり返した。

彼女の弱い部分を狙って徹底的にこすり、突っつき、時に焦らす。

「誘惑した澄子が悪いんだからね。めちゃくちゃに虐《いじ》めるから覚悟してよ？」

「あッ、あーっ、ぁああッ……！　許してっ、許してぇ……！」

いやいやと首を振るしおらしさと裏腹に、彼女の脚は愛液でびっしょりだ。人差し指と中指を出し入れするたびに細かな飛沫《しぶき》が散る。もちろん下着は脱がせてある。ガーターストッキングの合間からは肉裂が剝き出しだった。

しとどに濡れた下の口はカメラから丸見えだろう。

見せつけるためにこの角度を選んだ。

「許してじゃなくて気持ちいいでしょ？」

「はあぁ……そ、それは……！」

「こうされても気持ちよくないの？」

「ひゃんッ、ぁああッ！　いけないっ、いけませんッ……そこは、ぁあんッ！」

親指で陰核をいじりまわす。もちろん二本指の動きも忘れない。肉壺の入り口近く、腹側のザラザラした部分をグッグッと押しあげる。肉壁越しに膀胱を刺激することで、澄子が仮面の下に秘めた余裕を切り崩していく。

「そ、そこは本当に、んんッ、いけませんッ……！」

「駄目なことなのに浮気を誘ってきたひとが、なに言ってるの？」

ことさら意地悪な言い方になってしまう。澄子の声を聞いていると嗜虐性《しぎゃくせい》が刺激されて仕方ない。ますます手に力が入った。

「ほんとにエロい穴だなぁ。ヒクヒクしてますよ？　あ、ヒクヒクしてるのは体中かな。肉付きもいやらしいし、澄子って根っからのエロ女だよね」

「ひんッ！　んーッ！　いやぁ、言わないでぇ……！」

「浮気大好きのくせになに言ってるのさ！　このっ、若い男に媚びてケツ振る淫乱人妻めッ！　どうだッ、Gスポット効くだろ！」

成美に鍛えられた憲秋の性戯に、澄子は耐えきれなかった。

「ダメダメダメッ、もう本当にダメぇ……！　んんんぅーッ！」

全身が激しくこわばった直後、憲秋の指に特殊な蠕動が叩きこまれた。

──いまだ。

勢いよく指を抜くと、透明なシャワーがビシャッとフローリングを汚した。

「見事な潮吹《しおふ》きだね、澄子」

カメラにもしっかりと記録されただろう。

夫の半分程度しか生きていない若造に潮を吹かされた人妻の熟穴が。

それを見て夫は自慰行為に耽るに違いない。

(なんで俺、そんな変態行為を手伝わされてるんだろう)

一抹《いちまつ》の冷静さはすぐに消し飛んでしまう。

「ううぅ、こんなのひどすぎます……んはあッ」

ふいに澄子は崩れ落ち、床に四つん這いになった。尺取り虫のようにくねる美尻に憲秋は昂揚してしまう。冷静になる時間がない。

「もっと酷《ひど》いことするよ。澄子が大好きな本気の浮気」

後ろから澄子の尻に腰を寄せる。鋼《はがね》のように硬いモノを濡れ穴に添え、軽く力を入れるとズッポリ入った。

「おあぁあぁッ……！　そ、そんな、いきなり、後ろからなんて……！」

「無理やり犯されてるみたいで興奮するでしょ？」

顔も見えない後背位が凌辱感《りょうじょくかん》を増すことは成美との行為で知った。M気質で寝取られプレイに興じる澄子にはさぞ効果的だろう。

思ったとおり、肉厚な淫穴は粘っこい蠕動で逸物を歓迎してきた。

「あぁあぁあッ……アナタ、ごめんなさい……！　私、また浮気しちゃいましたぁ」

「仕方ないよね。若くてたくましいチ×ポが大好きなんだから」

「す、好きじゃない、です……！」

「嘘つくな！」

尻肉を平手で叩くと、澄子の声が「あへぇ」と間抜けなほどにゆるんだ。

「ちゃんと旦那さんに言え！　あなたとのセックスより浮気セックスのほうが好きですって！　若い男のチ×ポのほうが好きですすって！」

尻を叩いて濡れ穴を突く。

十往復ほどで覚えのある蠕動に肉棒が包まれた。

股に水気が叩きつけられる。

「ぁあああああッ、また、あんッ、またぁ……！」

「後ろから犯されたら簡単に潮吹きするんだ？　旦那さんとのセックスでもこんなふうになるの？」

「な、なりません……！　こんなはしたないセックス、あのひとと、するわけ、ありませッ、んんッ！　あぁあ、いやッ、いま敏感なのに動かないでくださいっ……！」

構わず突いた。ねじこみ、後退し、またねじこむのくり返しをテンポよく。

たびたび潮が噴き出す。

カメラにも細かい飛沫と震える下肢が映っているだろう。並外れて大きな男根をくわえこむだらしない肉穴もだ。

憲秋の目には切なげにくねる背中と、激しく弾む横乳が見えていた。

(やっぱりバックだと支配欲が満たされて、テンションがおかしくなる……!)

自分にこんな荒々しい一面があるとは知らなかった。

メスを犯す凶猛なオスの気分。寝取らせプレイに付きあっているだけだとしても、奪い取ってやろう、見せつけてやろう、という気持ちが湧きあがってしまう。

そうでなくとも極上の締めつけが腰遣いを誘うのだ。

「激しッ、あッ、また噴いちゃいますッ、あぁああッ、アナタっ、アナタぁッ、私またアナタ以外のひとで、はしたなくイッてしまいますッ!」

「じゃあ旦那さんに感謝しようか! あなたが情けない男なおかげでもっと優秀な男とセックスできて幸せです、ありがとうございますって!」

「で、できません、そんなこと……!」

「するんだッ!」

憲秋は思い切り奥を突きあげて澄子のなかのメスを刺激した。

「あへぇえええッ……!」

ゆるんだ喘ぎ声。抵抗力が失われている証拠。

「言えッ、澄子言えッ！　気持ちいい浮気セックスさせてくれてありがとうございますって！　言え言え言え言え言え言え言えッ！」

立てつづけに奥突き。

たびたび噴き出す潮で憲秋の股と床が濡れる。

「あへっ、あへぇッ、おッ、あぁああッ、アナタ、アナタぁ……！」

澄子はとうとう土下座のように額を床にこすりつけた。

「情けない男でいてくれて、若くてたくましいひととの浮気を許してくれて、ありがとうございますぅッ……」

男としての優越感。充足感。昂揚感。

すべてが一緒くたになって憲秋の良識を塗りつぶした。

「だそうです、和久井さん！　おたくのスケベな浮気妻にお土産《みやげ》あげるから、ぜひもらってください！」

「んぁあッ、はぅううッ！」

恍惚《こうこつ》と増上慢《ぞうじょうまん》の極致で、憲秋は欲望を解き放った。

同時に絶頂する澄子の一番奥で、爆発じみた射精を起こす。

人妻を抱くことの醍醐味《だいごみ》とは、夫から寝取ることにあるのかもしれない。そんな思考すら抱いてしまう。

「ふぅ……いっぱい出たぁ」

法悦が収まるまで彼女の胎内を味わった。

そしていっそう図々しく、失礼な要望を口にしてしまう。

「澄子、口で綺麗にしろ」

「はい……憲秋さん」

澄子は絶頂の余韻で呆然《ぼうぜん》としたまま、言われたとおりに動いた。おのれの内から引き抜かれた男根に舌を這わせ、音を立ててねぶりまわす。従順な奉仕に男の充実感はさらに高まっていく。

「ほら、せっかくだからピースしようか」

彼女の手をつかみ、カメラのほうに突き出させた。

「あぁ、ピースなんて、そんな若い子みたいなこと似合いません……」

「いいからホラ、絶対に可愛いから。楽しそうに笑って、ピース」

逡巡はまばたき数回だけ。

澄子は引きつり気味に口角をつり上げ、指を二本立てた。

「……ぴ、ぴーす」

人妻らしからぬ若々しいハンドサイン。その一方で、服ははだけて淫らな装《よそお》いとなっているし、股からはどろりと白い液体が漏れ落ちる。

きっと利康は動画を確認して大いに興奮するだろう。

いや、憲秋もまだまだ興奮していた。

「もっと犯すから覚悟してよ、澄子」

「あぁ、憲秋さん……！」

この日、憲秋は三回射精して和久井家を後にした。


若葉は早めに帰宅すると、決まって映画を見たがった。

劇場まで足を運ぶ時間はない。夕食を食べながらサブスクリプションで適当な作品を選ぶ。この日はすこしまえに話題になったアクション映画だ。

食事を終えるとソファに並んで座る。

液晶テレビに爆発シーンが映し出されると、若葉は憲秋の肩を揺さぶった。

「わぁ、やっぱりハリウッドは派手だね。うわ、すごい！　車壊れてる！」

「そりゃ爆発したからね。カバ姉って、こういうの見るイメージなかったよ」

「普段は見ないよ。でもノリくんが好きな映画もたまには観てみたかったから。うん、こういうのも楽しいよね」

若葉の笑顔は子どものように屈託がない。頭の位置だって低いし肩幅も男の憲秋とくらべれば格段に狭い。

けれど、部屋着のTシャツをはち切れさせんとする乳房や、ショートパンツから伸びる白い脚は、女性的な印象を強くアピールしていると思えた。

「あっ、危ないッ……！　あ、ああ、あー……セーフ」

しかも距離が近い。ソファがあまり大きくないので腕が触れあう。それどころか、彼女が身を揺すると柔胸が肘に当たることすらあった。

正直、意識してしまう。触れあっているのが女体であることを。

匂いだって良い。南国の果実を思わせる人妻の濃厚な匂いと違い、夏場の柑橘類《かんきつるい》のような爽やかな甘さが漂ってくる。

「おー……終わっちゃった」

ごろん、と若葉は憲秋の膝に倒れこんできた。太ももに思い切り乳肉が押しつけられて、憲秋は凍りついてしまう。

「カバ姉……近すぎ」

「そう？　昔はこんな感じだったでしょ？」

膝のうえで小動物みたいにゴロゴロしてくる。柔らかい双球の感触もいったりきたりで、あろうことか股間に当たることもあった。

(やばい、勃ってるのバレる……！)

節操なく反応する肉棒が憎い。

さいわい若葉に気づいた様子はない。テレビの下から上に流れるスタッフロールをぼんやり眺めてゴロゴロしている。

やがてスタッフロールが終わると、何事もなかったかのように身を起こす。

「じゃ、今日も先にお風呂入っちゃうけど、いいかな？」

「どうぞごゆっくり」

若葉が風呂場に消えて、憲秋はようやく生きた心地がした。

「バレてないよな……？」

なんて無節操な逸物かと情けなくなる。ふたりの人妻と不貞行為を働き、散々性欲を発散させているはずなのに。

だが気づかない若葉も若葉だ。成人女性にしては無邪気すぎる。いい年した男が異性と接触してなにも感じないとでも思っているのか。

「……いや」

そんなはずはない。小山若葉は無垢《むく》な少女ではない。小柄で童顔だから紛らわしいだけだと、憲秋はよく知っていた。

そしてそれをあらためて思い知らされるのは、すこし後のこと。

憲秋が入浴後、また襖の向こうから彼女の声を聞いたときだった。


「あんっ、あんッ、あはぁ……！　ノリくん、ノリくん……！」

木と紙で構成された出入り口。

その向こうで若葉が悶え、喘いでいる。憲秋の名を呼びながら。

以前と状況はおなじ。憲秋が襖にはりついて聞き耳を立てるのもおなじ。

ただ、若葉の使う言葉に衝撃的な事実が含まれていた。

「ノリくんの、硬かった……！」

彼女は気づいていた。幼馴染みが自分と接触して勃起していたことに。

「私で大きくしてた……！　どうしよ、ああっ、ノリくん私のこといやらしい目で見てるのかな……！　やだ、やだやだ、あぁ、恥ずかしいぃ……！」

否定するように言いながら、襖越しの水音はますます大きくなっている。ぐちゅぐちゅぐちゅと機械的なほどスピーディな律動で。

いったいどれほど濡れているのだろう。

どんな体勢で憲秋を想い、自分を慰めているのだろう。

(見たい……！)

あの小さな年上の幼馴染みがどれほど淫らな姿になっているか知りたい。

憲秋は自分を止められなかった。

おそるおそる襖に触れ、音を立てないようそっと、わずかに、横に開く。

豆粒ひとつ分の空隙に右目を寄せて覗きこんだ。

ピンク色だった。

赤黒く熟れた人妻とは違い、若葉の秘裂は桃色につやつやときらめいていた。

襖の方向にM字開脚の股ぐらが向けられている。肝心の部分が丸見えだ。恐ろしく卑猥《ひわい》な眺めなのに、憲秋の口からこぼれたのは真逆の感想だった。

「綺麗だ……」

細指が上下に動くたびに蜜があふれて艶を増す。官能的でありながら少女めいた清楚さも感じさせるのは、大陰唇が厚く、小陰唇が内にこもりがちだからだろう。

それればかりか。手指の狭間から見るかぎり、陰毛の一本すらない。

(大人でも生えないひとはいるって聞いたけど……)

少女性を体現したような下半身をしていながら、指の動きはとかく激しい。差しこむことなく表面を擦るだけだが、しっかり陰核を捉えて快感を倍加させている。どうすれば気持ちよくなれるのか知っているオナニーだった。

しかも、仰向けだが脚を突っ張って腰を持ち上げている。

股ぐらが物欲しげに揺れて、徐々に震えを大きくしていく。

「ノリくんっ、ああッ、硬いやつ、ほしいぃ……!」

ほしい、ほしい、と連呼して、ついには大きく痙攣した。

「んんんんーッ」

オルガスムスに全身を硬くして、しとどな体液を布団に垂らす。

頭に思い描くのは憲秋のことだろう。

(いま、この場で押し入ったら、もしかしたら……!)

おそらく拒絶はされない。

若葉とセックスができる。

——けれど。

憲秋は極力音を立てずに襖を閉め、忍び足で自室に逃げた。

無音の部屋でひとりため息をつく。

「いまさら好きだなんて言う資格ないよなぁ」

彼女との同棲がはじまってても人妻との関係をやめられない。むしろ深くハマりこんでいく自覚があった。

薄汚れた自分が若葉に想いを告げていいのだろうか。

あんなに綺麗な秘処を穢《けが》す権利があるのだろうか。

でも、と頭のなかで逆説が生じた。

「カバ姉に手を出さないからって人妻に手を出していいはずもないよなぁ……じゃあ、今後カバ姉一筋になるつもりなら、どうかな？」

しかめっ面でベッドに倒れこむ。

自問自答は数時間もつづき、翌朝は寝不足で目を覚ますことになった。

第四章　元キャリアウーマンの被虐姦

男ならやってやれ。

そう結論づけたのは、襖の隙間から若葉の自慰行為をのぞき見た数日後だ。

「告白しよう」

散々悩んだ。どうしたものかと懊悩《おうのう》した。

平川憲秋は元来、考えすぎて動けなくなるタイプである。まごついているうちに機を逸《いっ》したことは人生で一度や二度ではない。

(でも、ほかの男に横からかっさらわれるなんて、もう耐えられない)

愛らしくも艶めかしい秘処。

華奢《きゃしゃ》ながら貪欲な指の動き。甘い声。

切なげな身もだえ。

どれもすべて他者には渡したくない。

ほかの男の手で官能に染まる若葉を想像したら脳が焼き切れそうになる。

「これも成美さんと澄子さんのおかげ……って言っていいのかなぁ」

人妻たちを抱いたことで若葉のセックスをリアルに想像しやすくなった。成果と言うべきか弊害と言うべきかは難しいところだ
「告白すれば、たぶんいける……！　俺のこと考えてオナニーしてるんだから、絶対に脈はある！　たぶん、おそらく！　人妻との関係も清算して、真っ当にカバ姉と付きあうぞ!!」

と。

意気込みを抱いて、夜。

若葉が仕事から帰宅し、ふたりで食事をしながらまた映画を見る。

「今日はどんな映画を見る？」

「私、あれ見たいかも。ほら、昔の漫画が原作の……あ、それそれ」

「けっこう下品な話だけどいいの？」

「お姉さんなめんなよ。女同士のシモネタとかけっこうエグいんだからね？」

かくして少々下品なコメディ映画を見ることになった。

困ったことにムードがない。筋肉隆々の男が女性用パンツをかぶって変身するヒーロー物にどんなムードを求めればいいのか。

若葉は腹を抱えて笑い、たびたび食事が手につかなくなっていた。

憲秋的には複雑な気分だが、それでも笑ってしまう。

(今日は無理だな。諦めよう)

告白の意志はあっさりと折れてしまった。

追い撃ちのごとくインターホンが鳴って、ふたりの時間を打ち砕いた。

「こんな時間にだれかな？」

「カバ姉は映画見てて。俺は前に一度見てるから」

憲秋が受話器を取ると、咳払いにつづいて冷淡な声が鼓膜に刺さった。

『夜分遅く申し訳ございません。となりの津賀です』

攻撃的な感すらある不機嫌そうな語調だった。

「あ、はい、すこし待ってください」

受話器越しでは機嫌を損ねてしまうかもしれない。すこし恐いが、憲秋は玄関に赴《おもむ》いた。鍵を外し、金具の油が足りなくて重たいドアを開く。

案の定、長身の美人妻はいらだたしげに眉をひそめていた。憲秋が用件を伺おうとした矢先、牽制するように声を放つ。

「このところ、おたくの声がうるさくて迷惑しています」

「え、うるさかったですか？　ここの壁ってけっこう厚いはずなのに……」

「よほど声を高くしているのでしょう？　まったく、朝から晩まで仕事もせずに暇があれば乳繰りあって……よほど仲がよろしいのですね？」

吐き捨てるような皮肉に、憲秋は言い返せない。

(まさか、成美さんたちとしてることがバレてるのか……？)

映画を見ての笑い声だけではない。言い方からして昼間の情事にも耐えかねている様子だ。しかも相手はお堅くて愛想なしの津賀夫人である。もしご近所に言い触らされようものなら、いくらなんでも立場が悪くなりすぎる。

団地を追い出されるのだけは避けたい。新しい仕事も決まっていないのだ。

「それはですね、あの……ええと」

言い訳をひねり出そうとするも、うめき声しか出せない。

「もうすこし節度のある方だと思っていました」

大きな嘆息とともに吐き出す言葉は、しかし憲秋に対するものではない。刃物の切っ先じみた視線は憲秋の後ろに注がれている。

トマトのように赤面した若葉がそこにいた。

「平川さんとの関係は好調なご様子ですね？」

「あ、あの、違うんです……それ、ノリくんのせいではなくて……」

「なにが違うのですか？」

津賀巴はサディスティックなほど冷酷に問い詰める。

若葉は赤面しながらも決然と視線を返した。

「……私が、ひとりでオナニーして、ました。申し訳ございません」

「は？」

予想外の回答だったのか、巴は顔と声から険を失ってしまう。

「私がひとりでして、声が大きくなってたかもしれません……ごめんなさい！」

ほぼ直角まで頭を下げた若葉に、巴はそれ以上の皮肉を控えた。

咳払いをしてきびすを返す。

「今後は注意してください」

最後の一言《ひとこと》もため息交じりに「仕方ないなぁ」といった様子だった。

憲秋はあらためて部屋をチェックして、音漏れの原因を探り当てた。

和室のエアコンである。

排気ダクト用のパテが剝《は》がれていたのだ。

若葉の使っている和室には配管用の排気口がない。小窓にダクトを通し、隙間をパテで埋める形で排気をしていた。

パテが剝がれれば穴ができて、室内の音も漏れ出してしまう。

「とりあえず応急処置しとくよ。明日カバ姉が仕事に行ってるあいだに、パテ買ってきて埋めとくから……」

パテの隙間をガムテープで塞《ふさ》いで、振り向く。

若葉は枕を顔に押しつけて転げまわっていた。

「あーッ……！　うーッ……！　ふぅ、ふぅ、うううううッ……！」

もはや言葉もない。喚《わめ》きまくって発散することも憚《はばか》られる状況。若葉にできるのは小声でうめくことばかりだ。

（……昼間の浮気のことはバレなかったのかな？）

テンパった若葉は、夜の自慰行為しか思い浮ばなかったのだろう。巴の話をしっかり聞いていれば、昼間に憲秋がほかの女と情交していることに気づくはずだ。最悪の場合、ＡＶを見ていたと誤魔化すつもりではあったが。

「ノリくんにも聞こえてたの……？」

若葉は枕に顔を突っこんだまま停止した。

「……なんのこと？」

「その間《ま》はなに？　聞こえてたってこと？」

「いやぁ……それは……」

「聞いてたんだよね？」

重ねて問われて憲秋は口ごもり、間を置いて覚悟を決めた。

「……うん」

「ウーッ……！」

脚をバタバタさせる姿は中高生のようでほほ笑ましい。

その後も若葉は伏せっていたので、憲秋はそっとしておくことにした。


風呂には先に入り、湯上がりに襖の外から声をかける。

「お湯まだあったかいから、早く入りなよ。うちは追い炊きついてないから」

「うん……」

返事の声はやはり元気がない。

それでも若葉は語りかけてきた。

「襖、やっぱり声が素通りって感じだよね……」

「そうだね……紙だからね」

「聞こえちゃうよね……いろんな声」

憲秋は押し黙った。

「……私の声聞いて、どう思った？」

質問の意図を捉えきれないが、答えるべきだと思った。

たぶん若葉にとってかなり重要な質問だ。

「正直、興奮しました」

襖の向こうから切実な唸り声と脚をバタバタする音が聞こえる。

憲秋はそれ以上なにも言えず、自分の部屋に待避した。

「……ということがあったので、できればしばらく関係を控えたいのですが」

憲秋の提案に人妻たちも深刻な顔でうなずく。

「そうねぇ。巴さんはいいとしても、若葉ちゃんはまだ二十歳そこそこだものね。彼氏が人妻とセックスしてるなんて知ったら愛想尽かしちゃうかも」

「私たちも憲秋さんの人間関係を壊したいわけではないので」

成美と澄子はごく当たり前の良識を語った。

平川家のリビングでソファに腰を降ろし、家主を見下ろす体勢で。

「ご理解いただけて幸いです、はい」

憲秋は床に正座でふたりを見あげていた。

立場の強弱が如実《にょじつ》に表れた位置関係である。

万一不貞の事実が公開されたとして、ダメージが大きいのは憲秋だ。

なにせ人妻たちの浮気は夫公認。対して若葉は事情をなにも知らないし、おそらくはまだ処女。憲秋と交際こそしていないものの、爛《ただ》れた肉体関係を聞かされて平静でいられるとは思えない。

(嫌われるか、逃げられるか、よくてドン引きだろうなぁ)

よって憲秋はお願いする立場なのだった。

「それなら、今日ぐらいがんばってもらわないとね……んっ、ふふ」

「私はそんなつもりではなかったのですが……あんっ、あぁ……」

ふたりの声が甘みを含んで上擦る。

スカートのなかに憲秋が手を差しこみ、秘処をいじりながらの対談だった。

「ええ、それはもうご奉仕させていただきます」

口ではへりくだりながら、指では大胆に肉の裂け目をなぞりまわした。直接接触だ。下着は脱ぎ捨てられて床に落ちている。

ひと擦りごとに湿り気が増した。交尾慣れして濃い色をした陰唇は感度も抜群で、あっという間に指がどろどろになる。

「んっ、ふぅ、あぁ……憲秋くん、本当に上手になったわね」

「はぁ、あぁん……優しい撫で方、とても素敵です……！」

一口に交尾慣れしていると言っても、陰部の形はそれぞれだ。

成美は下半身の肉づきが豊かで、大陰唇までぷっくり肥えている。ともすれば指を挟んで圧迫する貪欲さが実に彼女らしい。

澄子の小陰唇は大きくはみ出し、強く波打っている。濡れるとよく指に吸いつく。陰核は大きくて、すこし撫でれば簡単に皮が剝けた。

(両手でそれぞれ愛撫するのは難しいけど、なんとかなる程度かな)

秘裂の形状にあわせて左右別々に指を使うのは神経を使う。慎重に、ゆっくり、人妻たちの感じ方を見定めて慰撫をつづけた。

「んんッ、あんッ、そろそろイキたくなってきたかも……！」

「私も、ああッ、もうダメかもしれませんッ……！」

膣口に指を入れてもいないのに、ふたりは腰尻を震わせはじめた。

憲秋は狙いを陰核に定め、そっと親指をあてがう。紙一枚分の弱い圧迫を加えながら、小刻みに手を動かして擦りあげた。

「あッ、クリトリスッ……！　いいわ、憲秋くんッ、それすっごくいいッ！」

「はあぁ、イッてしまいますッ……！　それ、本当に弱いッ……！」

女体でもっとも敏感とも言われる小豆《あずき》への刺激に、ふたりは決壊した。

「ぁあああぁあああああ――ッ！」

高らかな嬌声を重ねて法悦に痙攣する。

腹筋を使って股を跳ねあげ、激しい快楽に酔い痴《し》れる。大量の蜜汁が滴り落ちてスカートに染みを作っていく。

ふたりの悶える姿を見て、憲秋もまた男の悦びに浸《ひた》っていた。

(女のひとがイクときって、綺麗でエロくて可愛くて、すごくいいなぁ)

男を誘うための生物的機能なのではないかと思える。

特殊なフェロモンを発して種付けを誘う生物の本能。

だとしたら、痛いほどに勃起するのも致し方ないことか。

「ふふ……次はそれを使ってもらいましょうか」

「また私、憲秋さんに犯されてしまうのですね……」

目ざとく勃起に気づいたふたりはスカートをまくって脚を広げた。

くぱ、くぱ、と自然開閉する蜜穴に、憲秋の理性は霧散した。

「失礼します！」

左右の人妻を取っかえ引っかえ串刺しにした。

がむしゃらだが責め方には一定の注意を払った。どんな角度で動けば女の愉悦を引き出せるか、どんな強さで突けば忘我に押しあげられるか、つねに考えて技巧を尽くした。

たとえば、成美は巨尻を殴りつけるように激しく突きまわす。分厚い尻肉がクッションになって程《ほど》よい衝撃が生まれる。憲秋の股間に響くのはもちろん、ペニスを介して子宮に痛烈な快感を生み出すのだ。

澄子に対しては特大バストを揉み潰しながら腰を振る。ポイントは「我が物顔で」というところだ。夫でない男が自分の体を好きなように貪っている、という意識を刺激するのがいい。

「ああッ、あーッ、んあーッ！　憲秋くん、上手くなりすぎよぉ……！　私、そろそろ余裕なくなってきちゃったかも……！」

「私も、あうッ、こんなに乱れてしまうなんてっ、あぁんッ、あーっ、あんんッ、こんなセックス久しぶりですッ……！」

ふたりの声はますます大きくなる。抱き甲斐があった。

(俺がふたりを悦ばせてやってるんだ！)

奉仕する側から一転、いまでは「くれてやっている」気分だ。

「気持ちよくしてくれてありがとうございますは？」

頬を撫でてすこし強気に命じてみる。調子に乗っているかもしれない。しかし人妻たちも愉《たの》しげに調子を合わせてくれた。

「いつもありがとう、憲秋くんッ……！　ふしだらなおま×こ可愛がってくれて、あァッ、とっても幸せだわぁッ！」

「んーッ、あんッ、ああッ！　淫乱浮気妻を気持ちよくしてくれて、ありがとうございますッ……！　太くて硬いおち×ちん、ありがとうございますぅッ！」

「よく言えたね、ふたりとも！　ご褒美に濃いのぶちこんであげるから！」

ふたりのよがり穴へと交互に抽送《ちゅうそう》して自分を高める。

混ざりあって泡立った愛液が具合の違う膣と膣をつないでいた。液糸をたどるようにするとハメ換えがスムーズにできる。

美しい人妻をふたりまとめて我が物にする昂揚感に、憲秋は爆発した。

「イクッ、出るっ、おぉおおッ……！」

「あぁあああーッ！　今日も若い子の精子きちゃったぁ……！」

「駄目っ、駄目ッ、だめぇぇえッ……！　浮気なのに中出し、だめぇえ……！」

立てつづけの中出しに、人妻たちの性感も爆発する。このうえなく幸せそうなふたりの顔を見て、憲秋は達成感と困惑を覚えた。

（……こんなことするつもりだったっけ？）

若葉と巴の件があったから不貞をやめたいと思っていたはずなのに。

こみあげる後悔は、しかし射精の快感を損《そこ》なわない。熟穴がぎゅぽぎゅぽと蠢いて追加の刺激を与えてきたからだ。

今日はあと三発は出せそうだ。

翌日、憲秋は菓子折を持って隣家を訪れた。

「先日はまことに失礼いたしました！　私も小山も反省しておりますので、以降は再発防止に努めてゆきます！」

玄関先で頭を深く下げて礼を尽くす。ひさしぶりに仕事用のスーツを着て平身低頭。誠意と気迫が伝わったのか、津賀巴はため息ながらに態度を軟化させた。

「あがってください。そんなところでは近所迷惑になります」

憲秋は巴の厚意を受けて敷居をまたいだ。

リビングまで足を運ぶうちに違和感を覚えた。

(なんだか窮屈《きゅうくつ》だな)

調度品や内装は控えめで、最小限しか物が置かれていない。なにもかも整然としていて、潔癖なほど綺麗で、呼吸の乱れも許されないような空気がある。

生活感がない、と言ってもいいだろうか。

モデルルーム、あるいはテナントに入ったばかりの仕事場に近い。

ダイニングテーブルも適切な場所に置かれているだけという感があった。その上にあるノートパソコンを巴は静かに閉じる。彼女自身も普段と変わらぬスーツ姿で一分の隙も感じさせない。

「座ってください。コーヒーを淹《い》れている最中なので、すこし待ってください」

「あ、お構いなく」

椅子はふたつ。憲秋はノートパソコンの向かい側に座った。木製の小洒落《こじゃれ》た椅子だが、やけに尻が冷たく感じる。旦那はあまりこの椅子に座っていないのではないか、と無根拠に思った。

「どうぞ」

コーヒーと菓子折のクッキーが食卓に並ぶ。巴には和菓子よりも洋菓子が似合うと思ってのチョイスだ。

巴も向かいに座り、コーヒーをひとすすり。

サクリとクッキーを食べて、ほんのり頬をゆるめた。

「クッキーはお好きですか？」

憲秋は他愛ない話で出方を窺うことにした。

「そうですね。バターをたくさん使っているものが好きです」

意外と雑談にも応じてくれる。眉間の皺も薄い。バター多めのクッキーを選んだのが奏功したのかもしれない。

クッキーをひとつ食べ終え、コーヒーを含み、嚥下《えんげ》。

「それで」

巴が柳眉《りゅうび》を逆立てた。リラックスの時間が短すぎる。

「小山さんは気づいていないようですが、いつまで誤魔化すつもりですか」

「と、言うと……」

「あなたが野尻さんと和久井さんにしていることです」

急所を貫くような一撃に、憲秋は言葉を失った。

「信じられません。かわいい恋人がいるのに人妻に手を出して、しかもふたりも、真っ昼間から……はしたない、いやらしい、穢らわしい！」

一時的にゆるんだことで、かえって勢いを増したような激憤《げきふん》だった。

しかし、と憲秋は思う。

(この怒り方、似てる……お局《つぼね》の鬱憤《うっぷん》晴らしだ)

倒産した会社の年配女性社員が怒るとき、似たような雰囲気だった。聞いた話によると、夫が女子大生と浮気をして憤懣《ふんまん》やるかたなかったのだとか。

あらためて津賀家の部屋を見てみる。

男女の住まう家にしては艶がない。どこがとは言わないが、ぼんやりとそういう雰囲気を感じる。

津賀家夫妻は結婚して五年になるが、子どもはまだ授かっていないと成美から聞いた。旦那との仲が、うまくいっていないとも。

「ちなみにご主人は……」

おそるおそる訊ねてみると、目に見えて口元が歪んだ。

「知っているくせに……！　なんていやらしいひと……！」

「え。いやらしいなんて、べつにそんな……」

「あなたはヒラの新入社員だから良いでしょうけど、うちのひとは役員が目前だったんですよ！　それがあんなことになって、いまだに就職活動をしてるふりで外でブラブラしてて、本当みっともない……！　私ならそうなるまえにほかの会社と話をつけてヘッドハンティングを受けていたのに……！」

饒舌《じょうぜつ》な怒号に憲秋は圧倒された。

どうも彼女はなにか勘違いをしているらしい。一方的な思い込みで話をされても理解できるはずもないが、ぼんやりと状況は見えてきた。

「もしかして旦那さんの勤め先がなくなったのですか……？」

「白々しい！　あなただっておなじでしょう！」

「たしかにうちの会社も潰れたけど……」

あ、と目と口を丸くする。言葉の途中で気づくことがあった。

記憶のなかの小さな点と点が繋《つな》がっていく。

「津賀さんって、法務部の津賀部長……？」

「……知らなかったのですか？」

「入社したてで、他の部署の偉いひととはあんまり縁《えん》がなかったので」

会社では目の前の仕事に追われて、津賀部長の存在は意識していなかった。せめて半年ほど職場が残っていれば、覚える余裕もあったのだろうが。

巴は右手の親指をこめかみに押し当てて歯がみをしている。

「つまり、私が勝手に盛りあがってベラベラといらないことをしゃべってしまった、ということですか」

「お気持ちお察しします」

「知ったような口を利きますね。あなたはいいじゃないですか。仕事がなくなっても人妻をたぶらかして悠々自適に生きているのですから」

「いや、でも、新しい仕事が決まらないと心苦しいですよ」

「心苦しいひとが、毎日のように他人の妻を寝取る行為に耽《ふけ》るのですか？」

言葉のトゲが鋭さを取り戻してきた。となりから漏れ聞こえる嬌声によほど腹を据えかねていたのだろう。

「はっきり言って私はあなたを軽蔑しています」

巴は立ちあがり、憲秋を真横から見下ろしてきた。

「あなたのような鬼畜がおなじ団地に住んでいるというだけで寒気がします」

「鬼畜だなんて、俺はそこまでひどいこと……」

していない、とは言いきれなくて憲秋は押し黙った。

(どう答えたら納得してくれるんだろう……？)

言葉を重ねればかえって怒りを買うだろう。

おそらくは、お局さまに絡まれたときとおなじ対処法がいい。

表面上は神妙な顔をして相手の言葉を否定せず、謝罪しつづける。

はい、はい、ごめんなさい、おっしゃるとおりです、申し訳ございません。

受け流しつづけるうちに、巴は大きくため息をついた。

「では、脱ぎなさい」

「はいもう本当に津賀さんの言うとおりで……脱ぐ？」

「服を脱ぎなさいと言っています！」

巴がテーブルを叩き、コーヒーカップが浮き、倒れた。こぼれたコーヒーが膝にかかる。冷めていたので熱くはない。

「ちょうどいいですね。脱ぎなさい。さもなければ……」

言って巴は、あろうことかスーツの前を引きちぎった。ボタンが飛び散ってフローリングにからからと乾いた音を立てる。白いブラウスのボタンも取れて、赤いブラジャーのレースが垣間見えていた。

「脱がなければ警察に通報します。あなたに服を破かれたと言って」

「は、え、なんでですか！」

「脱ぎなさい」

「はい」

憲秋は服を脱いだ。逆らえなかった。

「パンツもでしょうか」

「パンツもです」

「はい」

パンツも脱いだ。圧《あつ》が凄まじくて、どうしても逆らえない。

そこそこに鍛えられた体から赤銅色の肉槍がそそり立つ。巴の視線が突き刺さってビクリと震えた。冷淡な彼女にしては珍しく、目が熱を帯びている。

「なるほど……人妻を堕落させる醜悪な形ですね」

ため息に湿り気が混ざっていた。興奮しているのは間違いないが、目つきの苛烈さはむしろ増している。怒りと欲情がないまぜだった。

「いったい何人の人妻を餌食にしてきたのですか？」

「そんな、餌食だなんて……うッ」

むしろ自分は食われたほうなのですが、と言い訳することもできない。股ぐらに突然の衝撃が訪れたのだ。

「信じられない……！　こんなに硬くて、熱くて、浅ましい手触り……！」

「ちょ、ちょっと津賀さん、握らないで……！」

巴は逸物を鷲づかみにしていた。幹の中ほどを握りしめて脈動を感じ取ったかと思えば、亀頭をつかんで顔を歪める。

「もう先が濡れてる……！　とんでもない淫乱棒だわ！　けがらわしい……！」

吐き捨てながらも先走りを竿全体に塗りこんでいく。やけに熱心な手つきで、男の硬さを確かめながら、指を絡みつけるように。

「あっ、ううぅ、巴さん、その触り方はちょっとヤバいです……！」

「なにがヤバいのですか？　もっと酷いことを人妻にしてるくせに！」

白魚《しらうお》のような長い指が怒りをこめて躍動した。

じゅっこ、じゅっこ、と肉棒をしごく。

握力もしっかり込めているので、摩擦も圧迫も強い。痛みを感じる寸前の暴力的な快感が憲秋の股間を貫く。

「ダ、ダメだぁ……出るぅッ！」

「ふざけないでくださいッ！　ここは津賀家の食卓です！」

巴は全力で肉竿の根元を握りしめて射出を封じた。

力ずくで寸止めされた憲秋は心臓が止まりそうな衝撃に苦悶する。

射精のための脈動が終わるまで待って、巴は手淫を再開した。

「苦しいですか？　自業自得です……！　こんな異様な大きさのペニスで人妻をたぶらかして、狂わせて、あんなに喘がせて、いやらしい顔をさせて……！」

口で責めるにつれて細面《ほそおもて》が紅潮していく。

（このひと、俺をいじめてストレス発散してるんだ……！）

夫の失業を筆頭に日常のあれこれでストレスを溜めていたのだろう。溜めこみやすそうな人柄だと思う。愚痴をこぼす相手すらいないのではないか。

そんなとき、隣人が過ちを犯した。

鬱屈した気分をぶつけて解消するには絶好の相手だ。

歪んだ性欲までぶつけることができれば一石二鳥だろう。

「あなたのような人を見ているとイライラします……！　仕事もろくにせず遊んでば

かりで、こんなに大きくて元気なものを悪いことにばかり使って！　変態っ！　淫乱っ！　淫獣ッ！　犯罪者ッ！」

巴はなにを思ったかその場で膝立ちになった。

脈打つ剛直に鼻面を寄せ、ペッとツバを吐きつける。

「うッ、あぁ……！」

憲秋は屈辱よりも予想外の衝撃と水気に快感を覚えてしまった。

「なにを悶えているんですか！　気の抜けた顔をして……人妻を犯してるときのあなたはいつもそうです、みっともない顔で快楽を享受して……！」

おや、と違和感を覚えたが、それも長続きしなかった。

パンパンに膨らんだ赤頭に舌が絡みついたのだ。手コキは継続したまま、ねろり、ぐちゅり、と唾液たっぷりに這いまわる。

「ほら、どうですか！　無理やり気持ちよくされる気分は！　あなたがいつも人妻にしていることとですッ！」

「い、いや、たしかに悪いことはしたかもしれないけど、無理やりでは……！」

「黙りなさいッ、ぢゅるるるるッ」

「うはぁ、効くっ……！」

罵倒を吐いてばかりだった唇が亀頭にかぶさり、粘膜をしゃぶりあげる。鼻の下を伸ばし、頬をすぼめて口内を密着させるバキュームフェラチオ。完全に男を悦ばせる口の使い方だが、眉と目は釣りあがったままだ。

ぢゅぽっ、ぢゅぽッ、ぢゅっぽ、と爆《は》ぜる水音が罵声に聞こえた。

「最低」

「鬼畜」

「反省なさい」

「死ね」

けれどもそれは、結局のところ憲秋を悦ばせる行為でしかない。

(こんなに美味しそうな舌遣いはじめてだ……！)

成美や澄子とくらべても舌の動きが凄まじい。隅々まで汚れをこそぎ落とすように丹念かつ激しく、また吸いあげも強烈の一言。竿肉をしごく手つきも弛《ゆる》むことなくペースを保っている。

私はペニスがほしくて仕方なかったです、と白状しているようなものだ。

目つきの鋭さは自分の淫らさを否定する一抹の理性か。

「くうぅぅっ、気持ちよすぎるッ……！」

憲秋が声に出して感じると、ついに巴は頭を振りだした。

唇で締めつけながら前後に動けばシンプルな刺激で気持ちいい。

深くしゃぶりこんで左右に動けば、予想外のところに圧迫がかかって気持ちいい。

額に汗して一所懸命に奉仕してくれる巴をいとおしいとすら思った。

だから、ついつい口走ってしまったのだ。

「巴っ、出すぞ……！」

呼び捨てにして、髪をかきむしるように彼女の頭をつかむ。

一瞬、巴の目つきが酩酊の色に染まった。

やっぱり彼女も好き者なのだと確信しながら、憲秋は射精した。

「んぐッ！　んーッ、んんんぅうッ……ぷはッ」

巴は大量の肉汁を受け止めきれず、男根から口を離した。とめどない噴出が秀麗な美貌を汚していく。ベチャベチャとへばりついていく。マーキングだ。他人の女であるはずの人妻を自分のモノに変えていく実感があった。

「嘘……こんなにたくさん……あのひとと全然違うじゃないの……」

攻撃的だった人妻は呆然と、恍惚と、汚辱を受け入れた。

たまらない征服感が男の本能をくすぐる。

（勝った！　俺はあの津賀さんに勝ったんだ！）

股間から昇りくる絶頂の悦びに打ち震える。

だがしかし、津賀巴の目つきはすぐさま険《けん》を取り戻した。

「ひとの顔を汚してなにをヘラヘラ笑っているのですか！　こっちに来なさい！」

「え、そっちって……」

「寝室です！　こんな場所でセックスするわけにはいかないでしょう！」

「セックスですか」

「あなたのような変態はセックスでわからせるほかないでしょう！」

もはや言っていることが支離滅裂だ。

おそらくは、彼女自身も自分がなにを言っているか、わかっていないだろう。

ただ、憲秋は手を引かれて寝室に連れこまれながら、それを目撃した。

形の良いお尻が物欲しげに揺れているところを。


スーツとブラウスを脱げば、下着は上下とも鮮やかな赤だった。

レースが多くて、肝心な部位を隠す気がまるでない。尖った乳首や丁寧な形に刈り込まれた陰毛が透けて見える。

かなり過激なランジェリーだが、ひときわ扇情的なものは巴自身であった。

「スタイル、本当にいいですね」

「当たり前です。食事に気をつけて運動もしていますから」

津賀巴は意識が高い。他人だけでなく自分にも厳しいタイプだ。

そんな彼女の体型に無駄はない。鍛えすぎでもない。筋肉は盛り上がって主張するようなこともなく、皮下脂肪を引き締めてスタイルを保っている。

腰がキュッとくびれているので、バストとヒップが自然と強調される。

乳房はたっぷり実りながら上向き。

尻肉は見事な丸みを帯びているが、垂れずに持ちあがっていた。

ただでさえ背が高く手足が長いので、日本人離れした印象すらある。

「能力がおなじであれば容姿の美しさで評価が変わります。低俗なルッキズムですが厳然たる事実でもあります。なら利用するのが得策でしょう」

「現実的なんですね……」

「あなたにとっては卑猥な妄想の対象でしかないのでしょうけどね。どうせこういうことを妄想していたのでしょう？」

巴は憲秋をベッドに突き飛ばし、間髪入れずにのしかかってきた。

赤いショーツを横にずらして肉棒を招き入れようとする。

触れあった途端にくちゅりと吸い付きあった。

「あっ、熱いッ……！」

「い、いきなりですか……！」

「どうせこういうことがしたかったのでしょう？　けがらわしい……変態ッ、ケダモノッ、家庭の破壊者ッ！　思い知りなさいッ！」

憲秋の肩を押さえつけながら、全体重を尻に乗せてくる。

ずぼりと勢いよく結合した。

夫婦のほかに入ることの許されない領域で、彼女はみずから不貞に身を染めた。ケダモノを仕置くという建前をもって浮気をしたのだ。

「ふッ、うぅぅうッ……！　なんてふざけたペニス……！　あっ、嘘ッ、これ、あぁああッ、信じられないッ……！　んんぅううッ！」

「え、うわッ、めちゃくちゃ締まって、あッ、イッてる……？」

「イッてないッ、イッ、あひぃいいいッ！」

巴は美麗な肢体をこわばらせて痙攣した。攻撃的だった目つきを愉悦にとろけさせ、うっとりと絶頂に感じ入る。

体を鍛えているせいか膣の締めつけも激しい。無理やりにでも男を搾り取ろうという乱暴さが巴らしかった。一度イッていなければ速射していたところだ。

「ああッ、あんっ、はあぁ……こんなに早くイッたの、はじめて……」

ぼんやりと呟く美女を見て、隙ありとばかりに憲秋は腰を突きあげた。

「んあッ！　あんッ、あぁああッ……！　ま、待ちなさい、勝手に動くのは許しませんよっ、ぉあッ、やめなさいぃ……！」

「ごめんなさい、巴さんがいやらしすぎて止まりません！」

これは絶好のチャンスだ。

一方的に責められ、なじられ、手も足も出ない状況から脱するための隙。彼女が本当にほしがっているものを叩きこんで逆転したい。

「あッ、そんな奥までッ、うぐッゴリゴリ届くッ……！」

たびたび目を丸くしているのも見逃さない。美貌が歪む様が官能的だというのもあるが、なによりも相手の弱点を探るために必要なことだ。ほかの人妻との経験を通じて培《つちか》った性技巧である。

「その様子だと、旦那さんに奥まで愛してもらったこと、なさそうですね」

言いながら腰を持ちあげる。

子宮口をグッと持ちあげ、退くことなく円を描いた。

「あぁッ、ひぁあああぁああ……！　な、なに、これぇ……！」

「やっぱり慣れてないんですね。旦那さんじゃ届かない場所が気持ちいいでしょ？」

隙なく仕上がったモデル体型が快感に負けて震えあがる。自然と腰が落ちているのは、もっと責めてほしいからだろう。

子宮口を押しつぶし、コリコリした硬さを楽しむ。

すると巴は髪を振り乱し、眉を垂らして涙目になった。

「ぁはぁああぁあっ、いやッ、なんていやらしいペニスなのぉ……！」

「でも欲しかったのはこういういやらしいペニスでしょう？　ほら、欲しかったって言ってくださいよ、巴さん！」

「ひぃいいッ、ふ、ふざけないでっ、あはッ、絶対に言いませんッ……！」

「よっ、そりゃッ、どうだッ！　言えッ、巴ッ！」

執拗な子宮責めに成美直伝の呼び捨て口撃まで交えた。

たまらず巴の体が後ろに倒れていく。憲秋が膝を立てると、そこに手を置いて仰《の》け反《ぞ》り体勢で堪える。

（あ、これ責めやすい格好だ）

一目で勘づいた。伊達《だて》に人妻ふたりと何度も浮気をしたわけではない。

腰を落として、素早く突きあげた。腹側の膣壁から子宮口へと、女性が感じやすい部分から感じやすい部分への摩擦移動を連発する。

「あおッ！　えっ？　な、なにっ？　あんッ、あひッ、ええッ？　これっ、そんなッ、これって、うそッ、あぁああッ、こんなのが、セックスなのぉ……！」

巴は幼児が泣き出すような顔で未知の快感に困惑していた。

年上の人妻を腰砕けにして翻弄《ほんろう》する悦びに、ますます憲秋は調子づく。突き上げを止めずに張りのあるバストを揉み、陰核を親指で擦りまわす。

「んーッ！　んふッ、んー、んんっ……んんぅううッ！」

腰のうえの美女は自分の指を噛んで嬌声を抑えていた。もちろん鼻から抜ける声は隠せないし、腰のよじれや秘処の潤いも止められない。

「信じられないぐらいスケベな反応してるよ、巴」

またも呼び捨て。ふるふるとかぶりを振って否定する巴が可愛らしく見えた。

乳首をキュッとひねれば細いおとがいが跳ねあがる。クリトリスに包皮のうえから爪を立てれば、口と指の狭間から唾液がこぼれる。

凛《りん》とした美女を追い詰めてますます憲秋は昂揚していく。

「本当は羨ましかっただけなんでしょ？」

「んッ……！　な、なにが……！」

とっさに口を開くのは図星だからだろう。

「成美や澄子みたいに可愛がってほしかったんでしょう？」

「バ、バカなことを言わないでッ、んああッ、はあぁ……！」

「うちのリビング、覗いてたんじゃないの？」

巴は無言で顔を逸《そ》らすが、熟壺は正直にきゅきゅっと窄まった。

「夜はともかく昼間の声が聞こえてたっていうのが引っかかってたんだ。カバ姉の声は和室の排気口に隙間ができてたからありえるけど、リビングの声まで本当に聞こえるのかなって」

「うっ、ふぅ、くぅ……！」

「ベランダの仕切りを乗り越えて、聞き耳を立ててたんじゃないの？」

成美たちとの行為中はカーテンを閉めていた。情景こそ見えないだろうが、掃き出し窓に耳をつければ嬌声が聞こえてもおかしくはない。

ベランダは隣家のものとひと繋がりで、薄い仕切りをつけているだけだ。火災時などに力ずくで破って逃げこむための脆《もろ》い造りである。わざわざ破らなくても、ちょっと無理すれば手すり側から迂回《うかい》もできる。

(巴さんみたいに隙のない美人が、そんなことするとは思えなかったけど……)

彼女は否定をしない。ただ悔しげに顔を逸らしている。

「そこまでして浮気セックスを覗きたかったの？」

さらに上下動を速めた。美人妻の膣内は水気が多くて滑りも良いので動きやすい。大量の雌汁が飛び散るせいで部屋全体が湿っぽく、むせかえるような性臭に満たされていく。なおのこと興奮してしまうが、それは巴もおなじことだ。

「浮気したいのに、自分からは言い出せなくてイライラしてたんじゃないの？」

「んッ！　んーッ！　んんぅうッ……あはぁあぁあッ！」

とうとう唇がほどけて大口が開かれた。欧米人じみた華美な体のラインが切なげに震えだす。差し迫った衝動に彼女は蝕《むしば》まれている。

「言って、巴！　したかったこと口に出して言えッ、巴！」

憲秋は失礼を承知で強い口調を使った。ついでに形のよい乳房に爪を立てて激しく揉み潰す。秘められた被虐心《ひぎゃくしん》を触発するために。

狙いは的中。

巴はみっともなく大口を歪めて、淫らな胸中を明らかにした。

「した、かったぁ……！　浮気したかったのぉ！」

告白と同時に未曾有の刺激が男根を襲う。

入り口と中程、そして最奥の三箇所がこれでもかと締めつけてきたのだ。

「ぁあああぁぁああァッ……！」

巴の体が仰け反り、三段締めに痙攣が加わる。

名器の絶頂に憲秋も抗えず、至福のうちに射精した。


事後、しばらく巴は夢うつつであった。

ベッドに横たわり、幸せそうに秘処をいじりまわしている。あふれ出す精子を何度も膣内に押し返し、襞肉の狭間にまで塗りこむように。

「あはぁああ……浮気、すっごぉい……しかも中出しまで……」

その様があまりに艶めかしくて、憲秋は呆然と鑑賞《かんしょう》するばかりだった。

（とうとう三人も人妻と関係持っちゃった……）

冷静に考えると最低だ。若葉に顔向けできない。

だが男としての充実感に酔ってしまうのもまた事実だ。

そして股間は無節操に勃起したまま。

「あ……電話きてるわね」

巴はヘッドボードで点滅する携帯電話に目を向けた。サイレントモードにしているあたり、やはり最初から浮気を期待していたのだろう。

手に取る仕草は億劫《おっくう》そうで、相手の名前を確認すると露骨に顔を歪めた。

「……はい、もしもし琢郎《たくろう》さん？」

嫌々でも電話に出る。琢郎とは夫の名前だったはずだ。

自然と憲秋は緊張してしまう。だれに対して申し訳ないかと言えば、若葉以上に津賀琢郎氏だろう。おたくの奥さんと浮気をして中出しまでしてしまいましたと言えば百発殴られても文句は言えない。

だが電話の様子もいささか不穏である。

先ほどまで幸せそうだった巴が、平素の険を取り戻したのだ。

「ええ、そうですね。はい、それはそうです……でも、あのとき私に会社をやめて家庭に入れと言ったのは琢郎さんでしょう？　昇進だって目の前だったのに、妊娠したら仕事に集中できないからだのなんだのと……しかも結局、それからほとんどセックスしてないじゃないですか。仕事をやめさせて、子どもも作らなくて、挙げ句の果てに失業までしたなんて言われて、私にそれを慰めろと言うのですか？」

津賀家の事情は相当ややこしい。

となりにいるだけで気まずい。憲秋としては逃げ出したいところだが。

ふいに巴がにやりと笑った。

ひどく淫猥で悪戯っぽい笑みだ。

視線は憲秋に向けられていた。

「いえ……言いすぎました。ごめんなさい、琢郎さん」

急にしおらしく言ったかと思えば、憲秋の股ぐらに顔を寄せる。

「私……寂しいんです」

携帯電話に話しかけながら、勃起のやまぬ逸物に頬ずりをしてきた。

上目遣いに訴えかけてくることは明白だ。

(この状況で抱けって言うのか！)

理性が危険信号を発している。

が、端麗な顔で物欲しげに見つめられると欲望が際限なく膨らんでいく。

むしろ危険な状況だからこそ昂揚する、獣のような本能があった。

「突然こんなこと言ってごめんなさい……でも、いつも強がっていますが、私だって女です……愛する男性に抱かれたいと思うのはいけないことですか……？」

別人のようにかよわい声。媚びた声と言ってもいい。

だが潤んだ目が見つめるのは間男の顔であり、屹立《きつりつ》した赤銅色だ。

(こうしたら悦ぶかな……？)

憲秋は男根に手を添え、巴の顔に擦りつけてみた。たちまち表情がとろけ、スンスンと鼻を鳴らす。雄臭を嗅いでいるのだろうが、電話越しには健気にすすり泣く声に聞こえたかもしれない。

「アナタのが、ほしいです……」

求められるままに、憲秋はペニスで彼女の頬をぺちりと叩いた。

「あっ……いえ、いまのは、ちょっと落ち着こうと自分で頬を……」

逆の頬も叩く。

「はぁ……」

巴の顔は完全に酩酊していた。Mっ気の強い女が自慢の美貌を男根で虐《しいた》げられて興奮しないはずがない。

さらにペチペチと叩くと、口があんぐりと開いていく。

舌が出た。仕置き棒を追いかけて右へ左へ揺れる。ときに亀頭と接触して男の味を感じると腰をビクつかせて感じ入る。

「はい……ふぁい、ん、はぁ……いえ、なんでも……」

と、巴はまた悪戯っぽく笑った。

「……ごめんなさい。嘘をつきました。本当は……笑わないでくださいね？　いま、私……アナタを想って、オナニーをしているんです」

あろうことか彼女は携帯電話を股に近づけて、他方の指で秘裂を擦りまわした。精液で粘つく肉穴はねちゅねちゅと卑《いや》しい音を立てる。

すぐに電話を顔の横に戻し、とびきり甘ったるい声でささやいた。

「トイレにいけますか……？　そこで聞いてください……私がどれだけアナタを想っているのか」

そして、彼女は携帯電話をぽいっと投げ捨てた。

ちょうど股のあいだに落ちる。仰向けでみずから脚を抱え、間男を誘う淫らな股間のすぐそばである。

「ね、アナタ……ちょうだい」

もはや夫に語りかけているのではない。アナタとは憲秋のことだ。

(ここまで来たら、ヤるしかない……！)

とびきりの不貞に誘われて、憲秋の煩悩は爆発した。

彼女の脚のあいだに腰を押しこみ、男の突端をはめこんでいく。ぶちゅ、ぱちゅ、と弾ける水音は、電話先の津賀氏には自慰行為の音に聞こえるだろう。

「あああぁあッ……！　ペニス、ほしいぃ……！　おち×ちん、奥までぇ……！」

ことさらに大きな声だった。

ことさらに淫らな言葉だった。

夫を求める言葉でなく、間男に懇願する言葉だった。

憲秋はご要望どおりに一番奥までねじこむ音を彼女の夫に聞かせてやった。

「んんぅう……好きぃ、好きなのっ、アナタのおち×ちんがッ……！」

巴は憲秋の首にしがみついてきた。抱擁することで愛情の対象が何者であるかを強調する行為。夫などよりずっといとおしいと示して、さらなる快楽を求める。

だが、あえて憲秋は彼女の手をほどいて、ベッドに押さえつけた。

手首を強く握りしめて、耳元にささやく。

「こうしたほうがレイプっぽくて好みでしょ」

「あっ、はぁああ……ッ！」

ぶるりと喜悦に打ち震える巴。

素直な反応を褒めるように憲秋は腰を振りだした。

杭を打つように上から下へ叩きこむピストン運動。巴もふたたび膝を抱えあげ、膣口が真上に向くように角度を調整する。ハメこみがより深くなるように。

「あんッ、これ、すごッ……！　ぁあああッ、アナタっ、アナタぁ……！」

「旦那さんに聞かれながら犯されるのいいだろ？」

「あひぃぃッ……！」

小声で意地悪を言えば面白いように反応する。

(やっぱりこのひとのMっ気、すごいなぁ)

間男との許されぬ関係に興じるのも、厳格な性格ゆえのマゾヒズムだろう。

ならば、とひとつ試してみることにした。

首筋に吸いついてみたのだ。

「あっ、そこッ……ぁああ、ダメぇ……！」

キスマークが付けば夫に見つかるかもしれない。そんなスリルも彼女を楽しませるのだろう。膣内がまた三段締めで不倫棒を抱擁していた。

(さすがにやりすぎかな……？)

憲秋も勢いあまってやってしまったが、万一のことを考えると危ない。

「ああッ、琢郎さんっ、いつ帰ってきてくれるのッ……！　実家の用事、いったいいつになったら終わるのぉ……！」

気を利かせたのか、巴は夫がしばらく戻らないことを示唆《しさ》してくれた。

憲秋は安心して首筋を吸った。そればかりか、噛んだ。白い肌に歯形をつけて、被虐趣味の人妻に愉悦の烙印を刻んだのだ。

わずかな痛みも巴にとってはカンフル剤だろう。その証拠に腰尻が差し迫った律動で悶えはじめた。

「んぁあああぁッ、だめダメダメッ、イクッ、イッちゃうッ！　アナタっ、アナタぁっ、してッ、激しくしてッ、はしたないおま×こイジメてぇ！」

とびきり歪んだ声音で求めて狂う。

巴のマゾ根性を徹底的に打ち据えるべく、憲秋は全力で肉杭を叩きこんだ。

「くッ……！」

分厚いマットでも吸収しきれない衝撃にふたりの全身が揺れた。

子宮口を殴りつけてめりこむ。一瞬のちに快感が沸騰する。

「イクぅううううッ！」

電話越しの津賀氏を置き去りにして、ふたりは同時に絶頂へ達した。

すこし間を置いて——巴は夫に語りかけた。

「アナタのことを考えて……イッてしまいました」

躊躇《ちゆうちよ》も臆面《おくめん》もない。

人妻というのは恐い。憲秋はあらためて思い知った。

第五章　人妻、三つどもえ

憲秋は人妻三人を自宅へ呼び出した。

若葉のいない昼間。

三人にはソファに座ってもらい、自身は床に正座する。

野尻成美、和久井澄子、津賀巴。

肉体関係を持った女性たちに真顔で向きあい、深々と頭を下げた。

「いままで申し訳ございませんでした！　今後はあくまでおなじ団地に住むご近所同士として、節度ある関係に戻ることができればと思っております！」

以前も似た体勢になったが、今回は床に額をこすりつける。

どうしても不倫関係を清算したかった。

若葉と新たな関係を結ぶためにも、過ちは正さなければならない。

（たぶん以前の俺なら言い出すこともできなかった）

なんだかんだで自分も愉しんでいたくせに、いまさら道理を説く資格はない——など後ろ向きな理屈をこねてまごつくのが以前の憲秋だった。

だが、皮肉にも人妻たちを抱くことで自信がついた。

成美の誘惑で女体を知った。

澄子の淫らさで女の欲望を理解した。

巴を落とすことで強気な男になれた。

「みなさんのおかげで一皮剝けたと思います！　だからこそ、こんな関係をつづけるわけにはいかないと思うんです！」

一方的な物言いだとは思う。だが過ちをつづけることが正しいとも思えない。

人妻たちは見るからに不満そうだ。

「ま、こんなおばさんはすぐ飽きちゃうわよね……仕方ないけど悔しいなぁ」

「せめて私が十年若ければよかったのでしょうか……」

「ぜんぜん足りません……！　私の体に火をつけておいて、そんなの調子がよすぎます！」

「しかしですね、やはりみなさんは人妻なわけでして……」

と、なんやかんやあったものの。

結局、憲秋は和久井家の和室に導かれ、三人に絡みつかれることになった。

(なんでこうなったんだ)

季節はいまだ夏の終わり。

冷房があっても暑苦しいほど密集して全員が汗だくだった。それでも行為は止まらない。左右からは澄子と巴が乳房をすり寄せ、顔や口にキスを連打してくる。手は胸板や股間を執拗にまさぐる。

後ろからは成美が抱きつき、しきりに耳をなめ、妖しくささやいていた。

「ほうら、もう腰がビクビクしてきた……体は正直ね？　そんなにおばさんたちとセックスしたいんだ？」

「ず、ずるいですよ、三人がかりは……！」

反論を口にすれば、澄子が唇を塞いで舌を入れてきた。ねっとり蠢く粘性の味覚器が、偏執的《へんしつてき》なまでに憲秋の口内を味わいつくす。

その隙に巴がいらだたしげに吐き捨ててきた。

「ずるいのはどちらですか。責任を取ってください……！」

「いやいや、巴さんはあれから旦那さんと仲直りしたんでしょう？」

電話越しの行為は津賀琢郎氏の妻への想いを再燃させた。夫婦の営みが復活して、毎夜のように睦みあっていると、憲秋は成美から聞いている。

「イケないんです……！　私はもうあなたに虐められなければイケない体になってしまいました！　どう考えてもアナタのせいでしょう！　アナタがあんな酷いプレイをするから、私は戻れなくなってしまったんです！」

大いに乗り気だった巴にも責任はある――と思いはするが、口にするほど憲秋は野暮でも無謀でもない。そうでなくともディープキスが澄子から巴に交代し、野獣のように貪られて呼吸すら難しい状態だ。

「この状況もカメラに撮っています……証拠が残っているんですよ、憲秋さん」

澄子の口ぶりは完全な脅しである。

寝取られ趣味のための道具は、間男を追い詰める武器でもあった。

逆らえない状況で左右の耳を澄子と成美に、口舌を巴に責められていく。飴と鞭《むち》であり、催眠処置を受けている気分でもある。

ぐちゅぐちゅと弾ける唾液の音が、脳を猥雑な愉悦の園に導いていく。

神経が肉欲に痺れ、体が勝手に動きだした。

「あんッ、はぁあっ……！　憲秋さんっ……！」

澄子の熟しきった胸の果実を揉みあげる。

「はふッ、あぁああ……ッ！　先のほうつねられるの好きぃ……！」

巴の乳首を強めにねじあげる。

「いいなぁ、ふたりとも。私にはなにもしてくれないの？」

背後から抱きついてきている成美にはなにもできない。かわりに彼女が手を使う。

ズボンからペニスを取り出してしごきだした。三人がかりの舌責めを口耳に受けつづけて、海綿体は鋼の硬さに充血している。

澄子と巴も生の男根に触れ、撫でまわし、感嘆して舌遣いを鈍らせた。

「あぁ……私をたくさん気持ちよくしてくれた、憲秋さんのおち×ちん……」

「おち×ちんなんて可愛いものじゃありません……レイプ棒よ」

「ヤリまくったせいかしら、ちょっと黒ずんできたわね？」

人妻三人がかりで逸物を弄《もてあそ》ばれ、憲秋の理性の箍《たが》が外れた。

「ああ、もう、わかりました！」

ヤケクソ気味に喚く。

「今日でラスト！　もうこれっきり、二度としません！　でもそのぶん、三人とも絶対に満足させせますから！」

押し切られる形とはいえ、満足させる自信あればこそのセリフだった。

頼りなかった自分に自信を与えてくれた三人には恩義を感じている。恩を返したい気持ちもある。

だから、最後に一回だけ浮気セックスをしようと思った。


憲秋の決意を受けて人妻たちは納得してくれたらしい。

「それではまずはご奉仕をしましょう」

澄子は憲秋を布団で仰向けに寝かせると、自慢のバストをさらけ出した。憲秋の脚のあいだで跪《ひざまず》き、肉棒を乳肉で挟みこむ。

「あぁ……！」

快感に酔いしれるのも一瞬。

追撃はすぐにやってきた。

「じゃあ私もお邪魔するわね」

成美が横から柔乳を寄せて肉圧を加算した。

「私のバストはいかがですか、アナタ……ほら、まだ張りがあるでしょう」

巴は無闇に対抗心を燃やして美乳を強く押しつけてくる。

彼女のバストは三人でもっとも弾力豊かで乳圧も強い。形がよいのでサイズも大きく見える――が、いざペニス中心に寄り集まってみれば、成美のものとほぼ同等の肉量と思えた。

(巴さんのプリプリした肉感とふんわりした成美さん……どっちも気持ちいい！)

敏感な肉茎で感じる乳肉はどれも等しく素晴らしい。

「では、大きく動かしてみますね」

澄子は肩を上下させて重乳を揺らしだした。手で支えるまでもなく、圧倒的な質量でほかの乳房を押しのけながら、男根を圧迫と摩擦の世界に飲みこむ。

「うわッ、ああ……澄子さんのやっぱり大きいなぁ……！」

「あら、澄子さんずるいわ。独り占めはダメよ？」

「今日は均等に分けあう約束でしょう！」

左右からも負けじと乳房が押し寄せて陰茎を奪いあった。

三者三様のおっぱいが取っ替え引っ替えで多様な感触を擦りこんでくる。しかも根元から先端まではみ出る余地がない。あたたかくて柔らかな肉感に包みこまれて蒸し焼きにされている。

「くっ、ううぅ……もう出るっ、出ます……ッ！」

「いいわよ、出しちゃいなさい。どうせ一回じゃ収まらないでしょう？」

「ああ、また浮気でおっぱいを汚されちゃうのですね……！」

「若い精子……！　男の子の熱くて大量の精子……！」

肉密の嵐がさらに激しく男の誇りを蹂躙《じゅうりん》する。

むっちゅ、むっちゅ、と肉と肉が吸いつきあって密度をあげていく。

まるで荒波に弄ばれる難破船の心地だった。追いつめられるままに尿道が痺れ、奥の奥から灼熱の奔流がこみあげた。

噴出した。

びゅー、びゅー、びゅるる、と乳間を駆け抜けて人妻の胸を汚濁していく。

「あっ、ああ、はぁ……出るっ、まだ出るッ……！」

憲秋は股間を焼きつくす快楽の電流に腰を浮かせていた。人妻たちのうっとり恍惚顔を見ていると、何リットルでも射精できそうだ。

しかしこれは前戯にすぎない。

本番はこの後に待っている。

成美の魅力はなんと言ってもやはりお尻だ。

力強く突いてくれと誘うかのように肉付いた大柄な臀部。

となるとやはり後背位が合う。四つん這いにさせて挿入した。

「んん〜ッ、やっぱり憲秋くんのぶっとくて、入ってる感がものすっごいわぁ」

成美は慣れた仕草で背中を反らして尻を突きあげていた。こうすることで奥まで差しこみやすい角度になるのだ。

「それじゃあ、遠慮なくいきますよ」

成美とは気安い関係であるし、膣内はしっかり潤っている。最初から大きなストロークで最奥を突いた。コリッと硬めの子宮口を押しつぶして亀頭に快感を得て、引く際は密度の高い圧迫感をエラで愉しむ。

パン、パン、と下腹で尻肉を打つ音もリズミカルに。

パンパンパンと連打した。

「あっ、あーッ、ぁあああッ……！　いいわぁ、ほんと気持ちいいッ……二十代の子は根元からググッと勃起して、アソコかきまわしてくるから最高ぉッ……！」

「成美さんの中もみっちり肉厚で最高です……！」

油断すると股間が暴発しそうになるが、油断しなければ耐えられる。

憲秋はペースを保って人妻との交合を愉しんだ。

「まあ……成美さん、すっごく濡れてますよ」

「こんな容赦ない突き方見せられたら、燃えてきちゃうじゃないのよ……」

澄子と巴は隙あらば耳なめとディープキスで憲秋の気を引く。

それでも、いまは成美の痴態に目を奪われてやまない。

奔放な人妻は腰遣いがとくに上手い。ねっとりした円運動で挿入に角度をつけ、膣内の様々な部位に快感が生じるようにコントロールしている。膣口に隙間ができて飛沫《しぶき》と水音が飛ぶのも計算のうちだろう。

「ふぅ、くぅ、さすがに効く、けどッ……！」

憲秋は腰遣いを緩《ゆる》めることなく突きつづけた。さきにパイズリで射精していなければ危なかったかもしれない。

どうせなら長く愉しみたいし、自分が男として成長したことも実感したい。伝えたい。最初に自分を鍛えてくれた人妻に、強くなった性戯を叩きこみたい。ただ受け身で悦ぶだけなんて耐えられない。

思い切って加速した。

成美の尻に分厚く乗った媚肉をがっちりつかんで、腰が埋もれるほど激しく、荒々しく、攻撃的なまでに突いた。

「あんっ、あんッ、あーッ！　激しっ、すっごいッ、ほんと憲秋くんとの浮気たまんないわぁ……！　もっと、もっとちょうだいっ、もっと突いてッ！」

成美は憲秋にリズムをあわせて腰を押し出してきた。

ごちゅん、ごちゅん、と剛直が子宮口に沈む。そのたびに成美の体に汗が噴き出す。秘処はますます濃厚なエキスを垂れ流していた。

絡みあう蜜音を再現するように左右の人妻が耳に唾液を塗りこむ。脳をいじくるように蠱惑的《こわくてき》なささやき声も吹きこんでくる。

「こんなに成美さんをよがらせて……憲秋さんはトロトロになった人妻のおま×こによっぽど中出ししたいんですね……」

「あなたは恥知らずな強姦魔です……太くて硬いものでアソコをめちゃくちゃにして、二度と忘れられないぐらい気持ちよくする悪魔です……」

昂《たか》ぶっていく。

心臓が早鐘を打ち、頭に血がのぼって意識が赤くなる。

力強く肉穴を掘削《くっさく》して快感に打ち震え、なお飽きることなく人妻を穿《うが》った。

(最初にしたときは、こんなに激しくできなかった……！)

激しく動いて長持ちするということは、濃密な性的快楽を長時間味わえるということだ。性交に慣れれば慣れるほど気持ちよくなれる。こんなにも成長しがいのある行為はないのではないか。

相手が経験豊富な人妻だからこそ得られた経験かもしれない。

「成美さんには感謝してるんです……！　いろいろ危ない経験しちゃったかもしれないけど、それでもセックスが上手くなって、自信がついて……！」

「なら感謝の気持ちは中につ、あはぁあぁッ、中にちょうだいッ！　中っ、中につ、もう中にほしいッ、ほしいぃぃぃッ！」

成美は短い髪が顔にべったり張り付くほど汗ばんでいた。肌も全体的にほんわり赤らみ、肉腰が引きつけを起こしたみたいに蠢動している。連鎖的に膣内もひっきりなしに不随意な痙攣を起こしはじめる。

（あの成美さんが完全に余裕をなくしてる……！）

顔が見えないから気づかなかった。

百戦錬磨《ひやくせんれんま》の浮気妻とて一人の人間。一匹の雌。的確に執拗に責められつづければ、快楽に屈するのも当然のことだ。

「じゃあ出しますよッ、中に！」

ラストスパートへとアクセルをかける。

憲秋は後方に傾《かたむ》きつつ、熟尻を思い切り引き寄せざま突きあげた。尻の重みを利用してバランスを取り、ピストン運動の鋭さを増す。亀頭が最奥に深くめりこみ、痛烈なまでの喜悦を成美に叩きこんでいく。

打擲《ちょうちゃく》するような肉音が間断なく響く。

竿肉にパチパチと弾けるような性感電流が充満した。

「はひッ、んんッ、憲秋くんッ！　きてッ、中に精子ッ！　子宮にいっぱい濃いの注ぎこんでぇ……！」

「出しますッ！　成美さんの中にたっぷりと！」

本気の全力で子宮を突きあげた。厚い尻たぶが衝撃を緩和する——が。

衝撃は胸の厚みを貫通して、成美の襞肉と憲秋の海綿体に響きわたる。

ふたりの忍耐は決壊した。

びゅるう、びゅー、と音が聞こえそうなほど激しく射精した。

「ああああッ……！　いいッ、やっぱり中出しが一番だわぁ……！」

法悦の極みに尻肉がたぷたぷ震えている。

憲秋はそこにぐっぐっと腰を擦りつけ、一滴も精をこぼさないようにした。

「すっごくたくさん出してますね、憲秋さん……」

「ケダモノ……強姦魔……ごくっ」

左右の人妻が甘いため息を鼓膜に吐きかけるのも心地よい。

充実感のある射精だった。

おなじく激しい後背位であっても、巴に対するものは意味合いが違う。

なぜなら彼女はマゾヒストだから。

憲秋は後ろから前のめりになり、彼女の頭を枕に押さえつけた。

「見てくださいよ、成美さん、澄子さん。このひと普段クールぶってるくせに、ドMなんですよ。ほら、こんな扱いをされておもらしみたいに濡らしてます」

「うっわぁ、巴さんの濡れ方、えっぐいわねぇ」

「私もどちらかと言えばそちら側ですが、ここまで露骨ではありません……」

呆れ半分で感心する外野の反応も被虐感を強めるのだろう。

巴は悔しげに歯がみをして声を押し殺すが、秘裂はますます濡れそぼっていた。男根を迎える三段締めも健在。むしろ以前より粘っこく絡みつく。イッたばかりの半萎《はんな》え棒もすぐさま復活した。

「どうだ巴、後ろからだと犯されてる感じが強くて興奮するだろ？」

彼女の頭をぐりぐりとよじらせながら、片手を乱暴に引っ張る。枕で隠れていた顔が晒《さら》され、悔しげなうめき声が漏れ出した。

「くうぅ、やっぱりアナタは最悪の色情狂です……！」

「最低の浮気マゾ人妻に言われてもなぁ。穴の奥までヒクついて幸せそうなくせに、どの口で色情狂とか言ってるの？　ねえ、どうなの？」

つかんだ腕を揺さぶれば形のいいバストも揺れる。上半身を横に開く体勢の影響で膣にもねじれを感じて股間に気持ちいい。

その一方で、憲秋は腰を動かしていなかった。

（もうちょっと休憩したいしな）

すでに二回も射精している。まだ余裕はあるが予断を許さない。

今日は三人の人妻を満足させるまでダウンできない。

気を抜かず、徹底的に、問答無用で、彼女らの好む快楽を与えるべし。

「あー、巴さんまた動いてる。腰、もぞもぞしっぱなしだよ？　そんなにレイプされて嬉しいの？」

「そ、それはアナタが……！」

「俺が、なに？」

巴はくびれた腰をしきりに蠢かせていた。美麗な尻で文字を描くようにもじもじと。

あきらかにセックスの悦びを求めている。

焦らしに焦らされ、抜群のスタイルを誇る津賀巴の肉体は、ひとりでに感度があがっていく。息も徐々にあがってきていた。

「はぁ、はぁ、はぁ……！　ど、どうして……！」

切れあがった目の端に涙すら浮かぶ。頃合いだ。

パシンッと憲秋は彼女の尻を叩いた。

「はひッ！」

「犬みたいに意地汚い人妻にお仕置きだ！　そらっ、そらそらッ！」

平手打ちをくり返す。

巴の尻が跳ね、艶声が跳ねあがる。

「んんッ、あッ、いやッ、ダメッ、あんッ！」

「犬じゃないかな？　ブタか。うん、巴はブタだな」

「そ、そんなに太っていません……！　ひゃんッ！」

「ほしがりな性根がブタだって言ってるんだ！　謝れ！　ブタでごめんなさいって謝らないと――」

ぴたり、と憲秋は手を止める。

かわりに腰を動かした。ゆっくり、じっくりと、後ろへ引いていく。

ぷちゅ、ぷちゅ、と襞粒をひとつひとつ丹念に潰していく。巴にはその感覚が、ひどくつぶさに感じられるのだろう。

「ぁはぁあぁあっ……！　あーっ、いいッ、こういうのも……！」

細顎をあげて口を半開きにして恍惚感に浸っている。普段の秀麗で攻撃的な表情からは考えられない顔だった。

ふいにカリ首が膣口で引っかかり、逸物の後退が止まる。

「抜いちゃうよ、謝らないと」

「えっ……」

「ほら、ブタでごめんなさいって。言えないの？」

憲秋は尻たぶに平手を入れてやった。今度は撫でるように優しく。

巴にとっては確実に物足りない刺激だった。快楽がほしくてたまらないドMへの脅しとしては最適である。

「わ、私は……」

ごくりと巴が唾を飲む音が聞こえた。

津賀巴は結婚後もスタイルが崩れないよう気を遣うプライドの高い女だ。まるまる太ったブタなど対極にある存在と言ってもいい。

だからこそ被虐趣味を刺激する。

「……ブタで、ごめんなさい」

「聞こえないな。もっと大きい声で」

「あぁ……卑《いや》しいブタでごめんなさい……！」

ついに言わせた。勝利感に憲秋は鳥肌すら立てた。

「あぁああ、ごめんなさい、あっ、ブタで、メスブタで申し訳ございません……！」

巴も秘処を痙攣させている。甘イキだ。抽送もせずに、自分を貶《おとし》めただけで浅いオルガスムスに達したのである。

「本当にみっともないなぁ、このブタ女は！」

憲秋は震えっぱなしの肉穴を思いきり貫いた。

「おぐッ、あはぁあああッ」

「ブタのくせにいつも偉そうにして！　もっと謝れ、ドMブタ！」

突く。

貫く。

叩きつける。

成美との後背位は尻肉におのれを委《ゆだ》ねる感覚があった。しかし巴との行為では浅ましい獣に処罰を下すような攻撃性が先立つ。

「乱暴にチ×ポねじこまれて犯されるのがそんなに嬉しいか！」

「ひんッ、あんッ、あぁあああッ、イヤぁああッ……！」

「イヤならやめてもいいんだぞ！」

「いやぁあ、やめないでぇッ……！　もっといじめてッ、ひどいことしてッ！」

巴は気取った仮面をはぎ取られて狂乱していた。

髪を振り乱して快楽に吠え、何度も浅い絶頂に達する。たったひとりで布団をしとどに濡らすほど愛液を垂れ流していた。ヨダレも、涙も、滂沱《ぼうだ》と流れて彼女自身を浅ましく彩る。

「ドMブタ！　罵《のの》られて悦ぶ人妻失格女！　旦那さんに謝れ！」

「それは嫌です」

突然素《す》に戻られて憲秋は咳払いをした。夫婦仲は改善したとのことだが、内心は依然として微妙《びみよう》らしい。

「わかった、じゃあ成美さんと澄子さんに謝れ！　ブタの鳴き声聞かせてごめんなさいって！」

「あぁぁあッ、ごめんなさい野尻さんッ、和久井さんッ！　こんなにみっともない声を聞かせてしまって……！」

「え、許さないけど？　ねえ、澄子さん」

「そうですね、成美さん」

年長の人妻たちは目配せで通じあい、枕元に立ちあがった。

そして、あろうことか、巴の頭を踏みつけたのだ。

「あひッ、ひぃんんんッ！」

想定外の屈辱に媚壺が窄まり、ぴしゃっと潮まで噴いた。

「知ってるのよ、ブタさん。私のこと裏でデカ尻って呼んだでしょ？」

「私のことは垂れ乳の肥満体と」

「ご、ごめんなさいッ、んんんーッ！　あんッ、はあッ、ごめんなさいッ！」

「まあ巴さんはスタイルがいいものね？」

「私たちなんてブタに見えるのでしょうけど」

ふたりがかりで足をよじって踏みにじる。

巴の隙なく整えられていた髪が乱れ、頬や鼻まで押しつぶされていく。身震いは際限なく大きくなっていた。

（ちょっとビックリしたけど、頃合いだ）

憲秋はどさくさまぎれに腰遣いを速めた。

沸々と煮立った熱穴をかきまわす。

巴を追い詰めながら自分も高みへ駆け上がる。亀頭がとろけそうな快楽と暴力的な嗜虐心を一緒くたに、M妻奴隷《どれい》を責める。攻める。徹底的に突き倒す。

「んんッ、あぁあああああッ！　ごめんなさいぃいいいーッ！」

巴は這いつくばった土下座の体勢で登り詰めた。全身が跳ねるほど大きな絶頂である。股から失禁じみて本気汁があふれるすさまじいイキぶりだ。

当然、膣肉の締めつけもすさまじい。

「うっ、くっ、ブタ穴に出るッ……！」

憲秋もたっぷり射精した。

精液の量だけ高慢な人妻を屈服させた充実感が増す。

酷いことをしてしまったという後悔も幾ばくかは存在した。

例のごとく和久井家の寝室には隠しカメラが設置されている。

成美と巴も承知のうえで今回の行為に参加している。

当然ながら憲秋もその場所は把握済み。せっかくなので澄子を抱く際は旦那へのサービスを意識してみた。

「ほら、入るところがよく見えるように脚を開いて」

「あぁぁ、いやぁぁあ……！」

澄子は子どものようにいやいやとかぶりを振っていた。

体勢は背面騎乗位。仰向けに寝転がった憲秋に背を向ける形でまたがっている。後ろ手を床につき、脚を開いて股を見せつける先には、もちろん隠しカメラが設置中。愛する夫に結合部を見せつける体勢だった。

「おっきなおっぱいも、間男にもてあそばれてるとこも見せてあげようよ」

規格外の巨乳は柔らかそうな澄子の体でもひときわ官能的な部位だ。夫にとっても自慢の双球だろう。

だからこそ我が物顔で揉んだ。

感じさせるための揉み方でなく、見せつけるための乱暴な手つき。

指を深く沈め、爪を立て、揉み転がして、ひしゃげさせる。

「んあッ、あんッ、そんなにされたら形が崩れてしまいます……ッ」

「俺のための形になるってことだよね、澄子？」

「そんな、あぁ、利康さんにどう言い訳すればいいのか……」

「もうこのおっぱいは間男のものですってハッキリ言ってあげたらいいのに」

「ひどい、あぁ、ひどいです……んんんッ」

上の口では嫌がりながら、下の口は感謝するように肉棒を頬張っていた。

澄子も被虐趣味はあるが巴とはすこし意味合いが異なる。屈辱に溺れて悦ぶ巴に対し、澄子は不貞の罪悪感をスパイスとして愉しむタイプだ。そのために恥辱的な行為を強いられることも厭《いと》わないだけである。

巴を責めたことで憲秋のS性も強まっている。寝取られ趣味の夫を愉しませるには絶好の状況だった。

「おっぱいもアソコも完全に俺のための形になってるね、澄子！」

「恥ずかしいッ……！」

澄子は羞恥に昂ぶりながらも、突きあげの快楽に思わず脚を閉じようとした。

だが、それを左右から絡みついた脚が強引に開ける。成美と巴は悪戯っぽく笑っているが、彼女らの秘処も隠しカメラの方向に晒されていた。

むしろ見せつけるようにしている――白液がどろりとあふれる不貞穴を。

「澄子さんも憲秋くんに、中出しされたいんでしょ？　若くて元気なプリプリ精液でお腹いっぱいにしてほしいって、アソコがヒクヒクしてるわよ？」

「すごいんですよ、彼の射精……子宮を殴りつけるみたいに乱暴で、とろけるぐらい熱くて、女を従順なメスに変える野蛮な射精……まるで麻薬です」

澄子の夫にしてみれば惨めさに拍車がかかることだろう。愛する妻を奪っているのが、他所《よそ》の人妻にまで手を出す最低の男なのだ。そんなクズ以下の存在が自分なのだと感じて、屈辱が性的興奮に変わる——

(……って感じなのかな、寝取られ趣味のひとって)

一抹の疑問は放り投げて腰振りに興じる。

カメラに映っていることを意識して、長いストロークを意識する。肉竿の長さを活かして抜ける寸前まで引き、見やすいように速度を落とし、それでいて遅すぎないように突きあげていく。

ごちゅっと最奥を押しつぶす。

グリグリとよじる。

子宮口が性感帯であることなど今さらわかりきっている。

「ぁあぁあぁ〜ッ……！　奥ッ、おくぅ……！」

「この腰遣いですよ、和久井さん。こうやってお腹の奥を押しあげるんです。そしたら澄子はアソコとろとろにしてよがりますから」

膣というものは的確に責めると濡れるだけでなく、柔らかくなる。ゆるくなるのではない。むしろ柔軟にほぐれたほうが締めつけも強くなる。自分を気持ちよくしてくれた男根に感謝して抱きしめてくれるのだ。男としては当然良い気分である。腰遣いも自然とリズミカルになる。

「こうですよ、こう！　こうやってよがらせるんですッ！」

「あんッ、あへッ、これ以上はダメになってしまいます……！」

「旦那さんはダメにしてくれないの？」

「あの人のじゃこんなに届きません……ッ」

言ってから、澄子ははっと口に手を当てた。

「ご、ごめんなさい、あなたッ……ぁああッ、んッ、いまは動かないでッ」

「嬉しいこと言ってくれたからご褒美だよ、澄子ッ！　旦那さんじゃ届かないところを徹底的にえぐってやるからな！」

ペニスをドリルに見立て、腰でぐるりと円を描く。

尖端に動きが集約し、奥へ奥へと掘りたてる動きである。

「んんんんーッ！　んあッ！　あーッ！」

容赦ない子袋への刺激に、澄子のむっちり肉付いた肢体は小刻みに震えた。股から白く色づいた愛液が次から次へとあふれ出す。

「あら、あら、あら、澄子さんの本気汁って粘り気がすっごいのね」

「このひとに奥をいじめられたら誰だってこうなります……」

成美と巴はいとおしげに結合部へ手を伸ばした。周囲を撫でまわしたかと思えば、陰核を指先でこすり出す。女体でもとくに過敏な部分への刺激に、澄子は反射的におとがいを弾ませた。

「待ってッ！　ふたりともやめてくださいッ、これ以上は私、もうッ……！」

「もうとっくにダメにされてるくせに、往生際《おうじょうぎわ》が悪いわよ澄子さん」

「旦那さんなんてどうでもいいじゃないですか。気持ちよくしてくれない男が悪いんです。体を幸せにしてくれる男が一番です……でしょう？」

もちろん攻め手をふたりに任せたわけではない。

憲秋は手も腰も総動員して澄子を追い詰めている。

他より大きな乳首をつまんで強めにねじるのも、澄子は好んでいる。上に引っ張れば肉の重みで乳首にかかる負荷が倍増するが、それすら快楽になるのが人妻の敏感さというものだ。膣肉の粘り気がさらに増している。

そこを狙い澄まして突きあげた。

「あおおぉおおッ！」

清楚な人妻が獣の声をあげる瞬間がたまらない。

粘っこく絡みつく肉唇を振りほどくように腰を落とし、また突きあげる。布団の下の畳を土台にして、股ぐらでジャンプをするように。動きが激しくなれば摩擦感もあがる。憲秋にとっても気持ちいい。海綿体に火がつきそうだ。

「ま、憲秋くんの腰もビクついてきたわよ」

「出すんですね……和久井さんの深い部分に、精子をびゅーびゅーと」

「あぁああ、びゅーびゅーって、私のなかで、射精を……！」

澄子の体が熱くなる。膣内まで燃えあがって逸物が焦げつきそうだ。

ふたりともこれ以上はもたない。

差し迫った呼吸で痙攣し、最後の瞬間へと意識を集中する。

「澄子ッ、旦那さんにアリガトウの時間だッ！」

「ぁあああッ、あなたぁッ……！　こんなに気持ちいい浮気をさせてくれてありがとうございますッ！　私、わたしっ、幸せぇえええぇえッ！」

嬌声の頂点でふたりは不貞の極みに登りつめた。

とびきり濃厚な男汁が洪水のように飛び出す。

肉壺は入り口から窄まって搾り取ろうとする。

たがいに腰を強く押しつけ、肉と肉が溶けあうような時間を満喫した。

「あぁ……また私、浮気してしまいました……」

やがて憲秋が離れると、澄子はうっとりと甘い罪悪感に浸った。

「どうせ今日が最後の浮気だもの。愉しまないと損よ」

「だとしても、一回ずつでは物足りませんね」

成美と巴の目は憲秋の股間に注がれている。

地面と水平に近い角度を保ってはいるが、先端はやや下を向いていた。

「あの、さすがにちょっと疲れてきたのですが」

さきほどまでの勢いはどこへやら、憲秋は引け腰になっていた。精液と一緒に意気地まで射出してしまったのかもしれない。

人妻たちはそれを良いことに迫ってくる。

「こんなに美味しい男の子、味わいつくさないと後悔しちゃうわ」

「私ももう平気です……夫も望んでいることですので、お願いします」

「シャンとなさい。いまさら弱音が許されるとでも？」

「ひぃぃ」

三人がかりで押し倒された。

＊

昔、若葉が訊ねてきたことがある。

「ノリくんは将来、どんなふうになりたいの？」

まだ小学校のころだ。

夢見がちで無闇な自信にあふれていた子どもの時分。

最高の笑顔で返したと思う。

「漫画家！」

「へえ、すごいね。どんな漫画を描きたい？」

「すっげえ面白いやつ！　いまはまだ秘密！」

「ノリくんが好きそうなのだと、剣とかドラゴンが出てくるやつ？」

「……まあ、うん。出るけど」

「ヘソ曲げないで。描けるよ、ノリくんなら面白い漫画」

「そうかな……えへへ。あのさ、首が三つあるドラゴンと戦うんだけど、それぞれ違う弱点があって、それを探りながら戦うんだ！」

「うん、いいと思う。かっこいい主人公がかっこいい剣で強い悪者を倒す少年漫画、すっごく男の子らしくて、ノリくんらしい」

本当を言うと、剣を持って悪者を倒す漫画でなく、自分で剣を持ちたかった。

無敵の力に目覚めて悪者を倒したいと思っていた。

それが荒唐無稽だとわかる程度には分別がつく年齢だったのだ。


そして月日は経った。

＊

憲秋は肉の剣を三人の人妻に奪われてなすすべなく責められていた。

「あぁ、ちょっと休みたいのにッ……！」

なんとか逃げようとした結果が、リビングのソファに腰かける体勢だった。

股ぐらに頭が三つ埋もれている。

三枚の舌が絡みついている。

「んっ、ぢゅるッ、ぷはッ……使いこんだエグみのある味、すごい……！」

右からはソファにもたれかかる体勢で巴。いつもは不機嫌そうに結んでいる唇を亀頭にかぶせ、さも美味しげにしゃぶりまわしている。

「はむ、あむっ……まだまだ硬くて元気ですね、憲秋さん……」

左からはおなじくソファにもたれかかった澄子。ハーモニカを吹くように竿肉を甘噛みし、尿道の膨らみを押しつぶしている。

「おち×ちんはともかく、ここはまだでしょ？」

成美は正面に陣取り、ほかより深い部分に顔を埋めていた。豪快に頬張るのは肉棒の下、皺だらけの陰嚢《いんのう》だ。彼女の言うとおり未知の領域であり、男にとっては最大の弱点とも言える痛覚の塊。

「ちょ、ちょっとそれは待ってください、成美さん！」

思わず声をあげて止めようとするが、欲深な人妻は止まらない。

口内粘膜で皮袋を包みこみ、舌で優しく転がしてくる。痛みはない。くすぐったくて、ぞわぞわして、精巣が騒ぎだすのを感じた。

（精液が充塡《じゅうてん》されてるような気がする！）

四回にわたる絶頂で消費された体液が回復している。同時に興奮が蘇《よみがえ》り、体が熱くなった。疲労が焼きつくされていく。

「あぁ、しゃぶりにくいぐらい大きくなってるわ……！」

巴は歓喜に舌を踊らせた。すっぽりくわえたままの肉頭をなめ転がす。漫然となめるのでなく、裏筋をこねまわし、エラを擦りあげる。よほど美味しいと感じているのか、唾液も大量にあふれるほどだ。

「ビクビクと脈打つのが速くなってますね……ちゅっ、ちゅうっ」

澄子は肉幹へのキスに移行する。いまさらながら、今日はすこし濃い口紅をつけていることに憲秋は気づいた。血のようなキスマークが男根に刻まれるたび、視覚的な興奮も高まっていく。

「どう？　またしたくなってきたでしょう？　こういうの覚えておくと彼女とのエッチも盛りあがるから活かしなさいよ……ぢゅるるるるッ」

成美は玉袋を強くすすりあげた。やや強い圧迫だ。痛みに変わる寸前の絶妙な刺激で精子工場に活《かっ》を入れているのだろう。

「はぁ、はあッ、ああ……！　元気出てきたよ、三人ともッ……！」

男根は完全に復活した。

いや、むしろ当初よりも雄々しく剣のように屹立している。

三人がかりの口淫がここまで効くとは思わなかった。

（いまならあと三回、いや四回はいける！）

憲秋は奮起するまま、さも余裕たっぷりの様子で三人の頭を撫でた。

「いいよ、三人とも……！　気持ちよくしてくれたお礼がほしい？」

突起物の根元に手を添えて動かす。しゃぶっていた巴の口から解き放たれ、ヨダレまみれの逸物が人妻たちの顔をぺちりぺちりと叩いていく。たちまち三人は瞳を濡らして酩酊した。

「お礼……あぁん、ほしい、くださいアナタぁ！」

「ああ、汚すんですね……私たちの顔を、口を……！」

「男の子ってぶっかけ好きよねぇ……私もけっこう好きだけど」

三人は大きく口を開いて舌をめいっぱい伸ばした。

「うッ、出るよッ」

憲秋はまだまだ濃厚な白濁《はくだく》を三人の顔と口にぶちまけた。

脳を突くような快感と征服感に打ち震え、これでもかと振りまいていく。

白く塗りつぶされた三つの美貌は小さく震えている。ごく浅いながらもオルガスムスを感じているらしかった。

汚辱が好きで好きでたまらない淫乱にしかできない反応だった。あるいは人妻というものはみんなそうなのかもしれない。

「それじゃあ続きやろうか！」

男の意地と欲望を胸に、憲秋はなおも激しく肉剣を振るった。


ふたたび寝室に戻り、三人を仰向けで横に並べた。

壮観だった。

顔つきも体つきも違う、それでいて全員が魅惑的な人妻たちである。こんなに豪勢なフルコースは封建時代の君主しか味わえないのではないか。

「うふふ、また憲秋くんを食べちゃえるって思うと濡れちゃうわ」

成美は妖艶に笑い、みずから膝を抱えて肉裂をさらしている。尻腿むっちりの安産体型で男を求める様はダイレクトに雄の本能を刺激した。

「私、また憲秋さんといけないことをしてしまうのですね……」

澄子は恥ずかしげに顔を逸らしている。が、たわわな乳房を腕で押しあげているのは誘うためだろう。控えめに開いた股間もしとどに濡れていた。

「あぁ、犯されちゃう……乱暴に、めちゃくちゃに……！」

巴は何度も唾を飲んで物欲しげだった。くびれた腰はすでにビクビクと震えている。よく見ればおのれの秘処に指を埋めて無聊《ぶりよう》を慰《なぐさ》めていた。

「じゃあ、まずは……！」

憲秋は三人を見くらべて標的を定めた。

挿入から容赦なく腰を叩きつける相手は、引き締まった体のドM妻。津賀巴。動きやすい正常位で性急に抽送する。

「あんッ、あーッ！　いきなりッ、ひぐッ……！」

「こういうの好きでしょ、巴は」

ただの正常位では刺激が弱い。そこで彼女の首に手をあてがった。手の平で喉を優しく押さえ、指先で頸動脈を軽く圧迫。酸素や血流を止める気はなく、あくまで「首を絞められている」という実感を与えるため。

効果は覿面《てきめん》。はやくも失禁じみた湿潤と三段締めが男根に奉仕しはじめる。

「ああんっ、女にこんな酷いことするなんてッ……！」

「巴は女っていうかメスブタだから」

言いながら、平手でぺちりと優しく頬を張る。

「いやぁぁあッ、ひどいッ、ひどいぃ……!」

巴は二の腕に鳥肌を立てていた。刺激的な歓喜に体が反応している。

(さすがに三人相手は厳しいから、巴さんだけでも先に終わらせる!)

平素の険しい態度とは裏腹にセックス時の巴は与《くみ》しやすい。被虐の性感を煽ってやればたやすく昂ぶり、昇りつめていく。激しい腰遣いは体力があるうちにしておきたいという考えもあった。

左右からは成美と澄子が巴の乳首をつねったり、腕を押さえつけたりしていた。どちらも的確にM性を刺激する手管《てくだ》だ。

「ほんと巴さんはソフトMねぇ。危ういところをギリギリって感じかしら」

「これ以上行くと体に痕《あと》が残ったりして大変ですからね」

人妻たちの口ぶりに憲秋は内心ギョッとした。自分的にはかなりハードに責めているつもりなのだが。これ以上と言えば鞭や蝋燭《ろうそく》だろうか。さすがに器具まで使い出すと後始末も大変だから二の足を踏んでしまう。

ならばべつの手段がいいと判断した。

「成美、澄子、キスしよう」

「あら、こんなおばさんとキスしてくれるの?」

「巴さんのほうが若くて唇も綺麗なのに……」

混ぜ返しながらも突き出された唇を、憲秋は勢いよく貪った。取っ替え引っ替えとはいえ情熱的に舌を絡め、愛情すら感じさせるほどに。

「あ、あぁ、ふたりとも、そんなキスを……んっ、あぁッ……！」

切なげに見あげる巴の顔にキスからこぼれた唾液が垂れ落ちた。秀麗な顔立ちを汚辱されながら、嫌がるどころか舌を伸ばしてなめとろうとしている。まるで飼い主のおこぼれに預かろうとするペットだ。実際、そういった気分で自分を貶めて愉悦を感じているのだろう。

ぺちゅ、べちゅ、と三人分の唾液をなめとるうちに、ざわりと膣襞が騒ぎだした。

「あッ、もうダメッ、ダメぇぇッ、許してぇぇぇッ」

「許さないッ！　イケッ、みっともなくアヘ顔さらしてイケッ！」

ここぞとばかりに猛烈なピストン運動で膣奥を突く。

ごちゅ、ごちゅ、ごちゅ、と滅多打つ。

徹底的にえぐり返す。

「イクぅううぅぅううッ！」

巴は法悦の痙攣に陥った。

憲秋は断末魔の締め付けをたっぷり味わってから逸物を引き抜く。

次の狙いは豊かな肉付きの熟妻。どこに触れても柔らかな和久井澄子を正面から抱きしめて上下動。抱き心地はやはり三人のなかでも抜群だ。ゆっくり動いても充実感があるし、喘ぎ声になんとも背徳的な響きがある。

「はぁあああッ……！　こんなに力強く抱きしめられるなんて、あのひとには何年もしてもらってませんッ……！　あっ、中もッ、奥までっ、あぁんッ！」

夫との比較は隠し撮り中のカメラを意識してのことだろう。

ならば、と憲秋も便乗した。

「もう旦那さんのチ×ポとかは、爪楊枝みたいに感じるんじゃないの？」

あえて大きめな声で煽るようなことを言う。極上の人妻を貸し出してくれた和久井氏へのサービスである。

「そんな、爪楊枝だなんて、そこまででは……」

「でもこの若くて元気な暴れん棒にくらべたらお子様サイズじゃないの？」

「こんな極悪なモノが何本もあるなんて思えません……」

成美と巴は濡れ穴に出たり入ったりする肉棒に舌を這わせている。若いペニスが好きで好きでたまらないから奉仕をしているという様子だ。

（こ、これはなかなか効くなぁ）

膣から抜けた部分まで粘つく肉感に包まれて快感の密度があがっていく。

和久井氏にとっては最悪の情景だろう。大切な妻がとんでもない女たらしにもてあそばれている——というふうに見えるのではないか。憲秋の自意識としてはけっして女たらしではないのだが。

せっかくなので状況を利用することにした。

「旦那さんもかわいそうだなぁ。きっと澄子のこと一筋の誠実なひとでしょ？　なのにこんな女を食い物にしてるような軽薄な男にハメられて、小娘みたいにヒィヒィ泣かされてさ。どうなの、浮気大好き股ゆる奥さん？」

「いやぁあ、そんな言い方ひどすぎますッ、んんんんんんッ！」

澄子は指を噛んで声を押し殺した。

「往生際が悪いなぁ……これが好きなんだろ！　旦那さんより若くてたくましい男のデカいチ×ポが！　そらそらッ、こういうエグいハメが好きなくせにッ！」

普段は絶対に言わないことを口にして腰を弾ませる。ただ突くのでなく、腹側を押しあげるのを意識して敏感なGスポットを狙う。

「あひッ、んんッ……！　声抑えられないぃ……！」

あふれ出す愛液はしぶきとなって成美と巴の顔まで汚していた。憲秋の腰遣いが速くなるとますます飛び散る。

「和久井さーん、澄子さん、もうこのおち×ちんに逆らえませんよ〜」

「女を犬に変えるとんでもない鬼畜ですよ、このひとは」

酷いことを言われているが、あまり否定はできない。

憲秋が最後のひと突きをお見舞いするとき、澄子は強くしがみついてきた。四肢を絡みつけ、全身の柔らかな肉に若者を取りこむようにして。

浮気妻の喜悦が爆ぜた。

「ぁあああああああッ！　あなたぁ、この子あなたよりずっと気持ちいいですぅううううううッ！」

澄子は夫へのサービスを高らかに唱えて胴震いをくり返した。

「はいはーい、じゃあ次は私の番ね」

成美は憲秋が逸物を抜くタイミングで抱きつき、上に乗ってきた。柔らかな肉唇でずっぽりとくわえこむ。そして動く。ねじる。よじる。好き者の熟練度を感じさせる腰遣いで、憲秋に動く余地を与えない。

「ちょ、ちょっと成美さん、いきなり動きすごくないですかッ……！」

「待たされてたぶん、うずいてるのよ。それに憲秋くんがすごく強気になってるし、おばさんぐらいは攻めにまわらないとバランスが悪いと思って」

悪戯な笑みで大きなお尻をたくみによじる。前後左右への揺らぎに肉の重みがたっぷり乗って、男根がもてあそばれているようだった。

実際遊ばれているのだろう。成美を起点にはじまった人妻たちとの甘い経験で憲秋も成長したが、彼女にしてみればまだまだ青二才といったところか。

（だとしても、男としてやられっぱなしは嫌だ……！）

憲秋は暴発しそうな股間に力を入れて忍耐力を振り絞る。

成美の動きにあわせて跳ねた。狙いは最奥。相手がいくら動いても突きやすいし感度も抜群。両手では尻肉を揉みしだき、性器周辺の神経を温めていく。

「んっ、はぁ、あんッ、上手くなったわね、憲秋くん……」

「おかげさまで……うッ！」

膣口が急激に締まった。

「んーッ、効くぅ……！　これやると自分もイキそうになるのよね」

成美の顔は恍惚として、腰尻に差し迫った震えが宿っている。

が、憲秋のほうはいまにも破裂せんばかりに追い詰められていた。

「がんばって、憲秋さん……成美さんをイカせて」

「そうです、アナタ……こんなところで射精しないでください」

「ふ、ふたりとも……励ましてくれるのはありがたいけど、ひっついて体なでまわすのは、程々《ほどほど》にしていただけると助かります……！」

澄子と巴は左右から張り付いて、キスしたり撫でたりと興奮を誘っていた。

しかも耳元で澄子がささやく言葉は、憲秋を狼狽させる。

「ご存知ですか……今日は私たち三人とも危ない日なんですよ」

「危ないって……」

「さきほどまでたくさん中に出していただいた精子……受精するかもしれません」

「アナタの赤ちゃん、産んでもいいと思ってるのよ」

いままでも中出しはしてきた。

成美と澄子に関しては旦那公認で孕ませていいことになっていた。

(だからって、さすがに妊娠はまずいよ……！)

動揺に停止した憲秋に対し、成美はますます淫靡《いんび》に踊る。肉厚の膣穴で種棒を搾りつけて絶頂に導いていく。

「あんッ、あはっ、ほぉら出せ憲秋くん！　だめ押しの危険日射精！」

「憲秋さんは、私に……出したくは、ないのですか？」

「ください、アナタ！　赤ちゃんを！　私にッ！」

猛烈に求められて海綿体も脳細胞も沸騰した。

男の本能が出してしまえと言う。腰が動く。たまらない気持ちよさだった。

もう止まらない。

「出すよ三人ともッ！　お尻並べてッ！」

「うふふ、うんッ、あはぁあッ……！　いつでも種付けＯＫよッ！」

成美は憲秋のうえで器用に方向転換し、挿入を解かずに四つん這いになった。

「私、またあのひと以外の子種で妊娠しちゃうのですね……！」

「あんな男よりこのひとのほうがずっといい！　絶対に内緒で産むから！」

澄子と巴も四つん這いで尻を寄せてくる。

形も大きさも違うがそれぞれに淫らで美しい臀部。それぞれが精を求めて物欲しげに揺れていた。男として猛らぬはずがない。

「イクッ、出るッ……！　孕ませる……！」

しっかりと宣言して、憲秋はすべてを解き放った。

成美に、澄子に、巴に、熱くてドロドロの精をたっぷり注ぐ。

出して、出して、出しまくる。
「ぁあああぁあああああぁぁああぁあああー－－－－－－－～～ッ！」
高らかな嬌声が混じりあって耳に溶けていく。
至福だった。
これ以上の幸せはないと思えた。
（でも、これで最後だ）
憲秋は出し納めの射精を名残《なごり》惜しむように、何度も熟壺を行き来した。

第六章　年上幼馴染みに積年の思いを……

仕事から帰るなり若葉は上機嫌だった。

「ただいまー。ノリくん、今日は大きい牛肉が安かったよ！　ステーキにしよ、ステーキ！　ワサビ醤油でぱーっとやろ！」

高々と掲げるビニール袋は通勤コース中にある精肉店のもの。団地からはすこし遠いが近所のスーパーよりも格段に割安である。

若葉は服も着替えずにエプロンをつけ、腕まくりで牛肉を焼く。はやく食べたくてたまらないという顔をしている。ちょっと子どもっぽくもあり、台所に立つ姿は所帯じみた感もあった。

「じゃあ俺はスープとサラダを」

憲秋はインスタントのオニオンスープを電子レンジで温めた。そのあいだに出来合いのサラダを盛りつける。昨夜炊いた米も炊飯器からよそった。

たがいに邪魔にならない距離感でスムーズに作業を終え、食卓に着く。

「いただきます」

ふたり同時に合掌して夕食を食べはじめた。

ワサビ醤油で食べるステーキは憲秋の好物だ。若葉も覚えていてくれたのだろう。

こちらの顔を覗きこんでニコニコしている。昔、平川家の両親の帰りが遅いとき、かわりに食事を用意してくれたときとおなじである。

「おいしい？」

「うん、このワサビの……あ、ヤバい、鼻にきた」

「あはは、ツーンってしちゃった？」

「してる……でもおいしいよ」

「そっか。よかった」

ご満悦の若葉を見ていると憲秋まで嬉しくなってくる。

(やっぱり俺、カバ姉が一番好きなんだ)

あらためて実感した。

一番好きな異性に、伝えるべき言葉がある。

「そういえばさ、カバ姉」

「ん？　なにかいいことあった？」

「就職決まった」

「え、ほんと？」

「今日面接に行って、来週から来てくれって」

その場で採用を言い渡されるとは思わなかったので面食らった。面接官に言わせれば、「顔と声に自信があっていい」らしい。

自信がついたのは間違いなく人妻たちのおかげだ。彼女たちと交わることで、男として大きく成長できたと思う。

「ならお祝いのステーキだね。ケーキも買ってきたほうがよかったかな」

「シュークリームなら冷蔵庫にあるよ」

「せっかくだからワサビ入れる？」

「勘弁してください」

若葉は声をあげて笑った。心の底から楽しげで、なにより嬉しそうだ。憲秋の再就職を自分のことのように喜んでくれている。

「がんばったね、ノリくん。おめでとう！」

麦茶の入ったグラスで乾杯をした。

昔から彼女は、なにかがあると率直に祝い、褒めてくれた。誕生日はもちろんテストの点数がよかったとき、志望校に合格したとき、テレビゲームをクリアしたようなときですら偉い偉いと我が事のようにはしゃいでくれた。

(まるで本物の姉弟みたいだな)

そんな彼女を見あげてばかりの半生だった。

未熟な男が手を伸ばしていい相手と思えなかった。

だからいままでは二の足を踏んでいた。

だが、いまは違う。男として自信がついたし、職にも就《つ》いた。

(今夜、決めるぞ)

憲秋は決意を固めてステーキを完食した。


告白にあたって、まずは身ぎれいにする。

つまるところ風呂だ。

軽く全身を流してから頭を洗う。しっかり洗えば髪もセットしやすい。

次に立ったままボディソープで足。今日は面接のためにすこし歩いた。臭くなっている可能性がある。指の股までしっかりこするべし。

そして股間を清める。今回の目的において一番大事な部分と言ってもいい。これまでの放埒な異性関係を洗い流すつもりで徹底的にやる。

腋《わき》、顔、と泡まみれにしたら、いったんシャワーで全身を流した。

このあとは風呂椅子に座り、ナイロンタオルで全身をゴシゴシやろう。ごま粒ひとつ分の汚れすら残さない。

「ねえねえ、ノリくん」

浴室の外から若葉が声をかけてきた。

「どうかした？」

「背中、流してあげようか」

「……なぜ」

思いもかけない申し出に憲秋の頭は真っ白になった。

「再就職祝い。あ、もちろん水着は着てるから」

「いやしかし」

「お邪魔しまーす」

「問答無用かよ」

背後で浴室のドアが開かれ、ひとが入ってくる気配がした。正面の鏡は曇っているが、肌色のものが入ってくるのは見て取れる。

心なしか揺れていた。

首の下でふたつの丸いものがゆっさゆっさと。

(準備中に、こんな強烈な攻め方はひどいよカバ姉……!)

一目で股間がいきり立った。身動きできない。

追い返すのも厚意を無下《むげ》にするようで申し訳ないし、どうしたものかと悩んでいると、鏡に映る若葉の姿が憲秋の体で隠れた。

「ちょっと失礼、ボディソープいただくね」

若葉は風呂場の角のラックに手を伸ばした。必然的に憲秋の背中に接触する。大玉が柔らかにひしゃげて憲秋のなかの野獣を猛らせた。

「じゃあ洗うから、お客さん楽にしてくださーい」

変なお店みたいだからやめて、と言いかけて憲秋は自制した。

ぺた、ぺた、と粘つくものが背中に張り付いて、圧迫しながら這いまわる。

タオルの触感ではない。どう考えても、手だ。

若葉のすこし小さめの手が。細い指が。ボディソープを泡立てて、憲秋の背を丹念にこすっている。

「あの、タオルあるんですけど」

「ナイロンタオルはお肌に傷がつきやすいんだよ。手を使うのが一番いいの。背中は届きにくいだろうから私がしてあげる。就職おめでとう！」

背中が泡にまみれるにつれて、憲秋の鼓動が高鳴っていく。

けっして性的な部位ではない。しかし平素なら素肌で触れあうことのない部位である。蒸し暑い風呂場で接触していると妙な気分になってしまう。

「よし、背中はこんなもんかな。次は前も行くよ」

「前は手が届くから自分でやるよ……」

「遠慮しないで。はい、就職おめでとう！」

ぎゅっと背中から抱きしめられた。

「へあう」

憲秋は変な声をあげてしまう。また背中で柔乳がひしゃげているうえに、接触面積が広い。細腕が腋の下を通って胸に手の平が張りつく。ぬるぬるゴシゴシと洗いだす。

言葉が出なくなる憲秋だったが、若葉も急に静かになる。

「……胸板、けっこう厚いんだね」

ようやく出た声はかすれがちだった。

「暇な時間に筋トレはけっこうしてたから」

「ちょっと驚いたけど、そうだよね、こんなふうにくっつくの、小学校のころ以来だもんね。ノリくんだって大きくなるよね」

若葉の手つきがすこしずつ変化しはじめた。汚れをこすり落とすためというより、筋肉の形を確かめるような丹念さに。力もこもっていて、マッサージされているような心地よさもあった。

血行がよくなって体が火照りだす。

懸想《けそう》する相手と裸で触れあっていることで、股間もどんどん膨らんでいく。

(もしかして、コレも洗ってくれるのかな?)

期待感が海綿体を痺れさせた。

「カ、カバ姉、あの……」

「次は腕いくね。右から伸ばしてくれる?」

「あ、はい、お願いします」

憲秋が真横に腕を伸ばすと背中から若葉の感触が消えた。残念に思ったのも束の間、横に移動した若葉の姿が視界に飛びこんでくる。

白ビキニだった。

要所要所が網状になっており、濡れた肌を覗かせている。色っぽいばかりかリボンとフリルで可愛げまでアピール。高度なセンスでまとめられた流麗なデザインだった。

「その水着、もしかして職場の？」

「まだ試作品だけどね、水着班からサンプルもらってきたの。かわいいでしょ？」

「うん、すごく」

可愛い。そして官能的でもある。おそらくはデザインの狙い以上に。

サイズがすこし小さいのだ。

ボトムスこそ程よく股に張りついているが、トップスは豊かな乳房に食いこんでいる。それが肉の柔らかさを強調しているうえに、若葉がせっせと腕を揉み洗いするたびに揺れる。とても揺れる。

（やっぱり服着てるときより大きく見えるよなぁ）

澄子より小柄なのにバストサイズでは劣らないのだから、相対的により大きく見えるかもしれない。

しかも、である。

トップスは見るからに突っ張っている。

内側から突起物に押しあげられている。

「ノリくん……見すぎ」

頬を染めてにらみつけてくる顔にも愛嬌があった。

なのに、乳首を勃たせている。

(俺の裸に触れて興奮してくれてるんだ……!)

やはり彼女は自分を男として意識してくれている。

「あっ……」

手を洗うとき、指と指を絡めることになると、うつむき気味に恥じらう。こんなにも羞恥心を残しながら水着での奉仕をやめようとしない。

ただの就職祝いとは思えなかった。

彼女なりの覚悟すら感じる。

「ん……よし、腕はこれでいいかな。次はこっち向いて脚を出して」

「え、そっちを?」

「じゃないと脚は洗えないよ?」

憲秋はすこし悩んだが、結局は前後反転した。

「それじゃあお邪魔しまー……すッ」

若葉は伸ばされた脚をまたいだところで硬直した。目は憲秋の股ぐらに注がれ、大きく見開かれている。

憲秋の股にはタオルがかかっている。

タオルがテントのように尖っている。

浮いたタオルの下から血管まみれの逸物が垣間見えている。

「すご……あ、ううん、なんでもないよ？」

若葉は何事か誤魔化すように笑った。口元が引きつっている。よほど衝撃的だったのだろう。

（てことは、元彼のはそんなに大きくなかったのか？）

だとしたら優越感がある。元彼はセックスこそ拒絶されたらしいが、若葉とラブホテルには入ったらしい。ねたましくて、腹立たしい。

思い知らせたい。元彼なんかより自分のほうが男としてはるかに上だと。

だから歴戦の雄根を見せつけるのだ。

「ふぅ……よいしょ、よいしょ、と」

若葉が憲秋の脚を手揉み洗いをはじめた。視線は落としているが、ときどきちらりと股間を見て、そのたびに固唾《かたず》を呑む。頬の赤みが顔全体、耳、首にまで広がっていく。

男として優越感をくすぐられる反応だが、唾を飲むのは憲秋もおなじだ。なぜなら、揺れるから。

(ものすっごい動いてる……!)

前のめりに脚を洗う若葉の乳房がゆっさゆっさと重たげに。

重力に引かれて縦に長くなり、まるで振り子のごとく。

「う、わ……いま、ビクンッて……!」

興奮の拍動に釣られて肉棒まで大きく脈打った。

以前の憲秋なら隠していただろうが、あえて隠さない。むしろ見せつけたい。あきらかに興味津々の若葉であれば、たくましい男根に魅せられるはずだ。

「よい、しょ、よい、しょ……うん。えっと、終わったよ?」

「ありがとう、カバ姉」

作業を終えた若葉はわずかながら呼吸を乱していた。

やけにそわそわしているし、脚をもじもじさせている。

(そろそろ攻め時だ……覚悟を決めよう! どっちにしろ告白するつもりだったんだから!)

憲秋は意を決して立ちあがった。

「次はカバ姉の番だね。ほら、座って」

「え、私？　座ってって……」

「俺が洗うから、ほら」

すこし強引に座らせた。以前の憲秋なら絶対にできなかったことだ。

若葉としても相手から来るとは思っていなかったのだろう。ガチガチに硬くなった背中が微笑ましい。

「リラックスして。洗うだけだから」

「は、はい、おてやわらかに」

憲秋はボディソープを手に取り、軽く揉みこんでから背に触れる。

「ひゃんっ」

小鳥のような声を聞いて衝動が爆発しそうになる——が、耐えた。

ソープを泡立てながら、手で背中をこする。ときどき小さな背中がビクリと跳ねるのは、感じているわけでなく緊張のせいだろう。憲秋もあえて直接的な性感帯は避けている。

（まずは本当にリラックスしてもらおう）

いきなり気持ちよくしても駄目だとは成美から聞いている。

まずは緊張をほぐして受け入れ態勢を作るのだ。背面なら狙うべきは首から腰まで。その範囲であれば愛撫でなく洗浄《せんじょう》だ。

「ん……ふぅ……んん」

それでもくすぐったいのか、たびたび吐息が乱れていた。

「じゃあ次、腕いくよ」

腕はすこし強く揉みこんでいく。彼女がしたようにマッサージの要領だ。二の腕がぷにぷにと柔らかくて心地良い。

意外にも反応が大きいのは、手を洗う際に指を絡めるときだ。

「なんか……照れるね、こうすると恋人つなぎみたいで」

羞恥を誤魔化すためのはにかみ笑いがとびきり可愛らしい。憲秋は思わず見とれて、無言でうなずいてしまう。

攻めているはずが一気に拮抗《きっこう》したかもしれない。

(やっぱり俺、このひとが好きなんだな)

昔からずっと好きだった女性の肌に触れている――そんなふうに意識すると胸がときめいた。股間も弾む。荒れ狂って快楽を求めだす。

「それじゃあ腕の次は前いくから」

「……うん」

若葉は拒絶しない。そればかりか前面を洗いやすいよう、わざわざ首の後ろに手をまわして腋を開いてくれた。

体の前面には胸がある。とびきり大きな乳房が。

背後からでも腋から肉の膨らみが覗けるほど大きい。

(落ち着け、焦る必要はないんだ……)

しかし憲秋は自制して、まずは首の下をこすりだした。鎖骨に沿って左右に何度かこする。指先で胸の柔らかみをかすめはするが、集中的には狙わない。あくまで偶然を装ってさりげなく触れるだけ。

「ん……ん……」

若葉の反応もごく小さい。いまはそれでいい。

鎖骨の端から脇に逸れ、乳房を迂回していく。もっとも腋というのは存外に柔らかく、なにより感度も良い。触っていて楽しい部位だ。

「んっ……んーっ……んーッ……!」

若葉は声を押し殺しているが、拒むことはやはりない。

憲秋の手が腋から下に落ちるとまたリラックス。乳房の下にまわりこみ、お腹をこする。太っているわけでもないのにほんのり柔らかい。女性的にはもっと絞りたいかもしれないが、男にとっては触り心地がよくて好ましい。

次いでヘソ。

さらに下腹へ。

「あ……そこは……！」

さすがに大きな反応が来るけれども、憲秋はけっして降《くだ》りすぎない。あくまで腹を、そしてヘソの浅い部分を優しく撫でる。

「ぁあ……うん、そうだよね。うん、ノリくんはそんな子じゃないよね」

若葉は安堵しているが、どことなく落胆しているようでもあった。洗浄ついでにマッサージされて体はリラックスし、芯から温かくなっている。性感神経も昂揚していることだろう。

「ちょっとここから刺激強くなるから」

「えっ」

問い返す暇など与えない。

指の腹でトンッと乳房の突端を叩く。

「はッ……！」

トン、トン、と何度か叩いたら、今度は爪ですばやく引っかいた。

「あンっ」

弾くように引っかくと若葉の腰が蠢いた。

カリカリ、カリカリ、と乳首を責めるたび、柔腰が切なげに跳ねる。

「ノ、ノリくん、これ、なに……！　やっ、なんなの、これ……！」

彼女は戸惑っている。きっと知らない快感なのだろう。元恋人はしてくれなかった、女を悦ばせる熟練の手管。

あっという間に水着の下の肉塔が親指の先ほどに肥えた。

「はぁ、やぁ……ノリくん、そこは駄目だよぉ……」

嫌がりながらも拒絶の素振りは見せない。そんな彼女の耳に唇をかすめさせて、吐息まじりにささやく。

「乳首、かわいい」

薄い背に鳥肌が立った。嫌悪や忌避でなく、羞恥と喜悦のために。

「おっぱい洗ってあげるね」

「うぅ……いまは、ちょっと恐い……」

怖《お》じ気づいている若葉をよそに、憲秋は手の平をいっぱいに使った。

小さな体に不釣り合いな重肉を下からすくいあげ、優しく表面を撫でまわす。水風船のように柔らかく、無限に形が変化した。

乳首を中心に感度もあがっているため、若葉の反応も露骨に大きい。

「あぁ、はぁん……うそ、うそぉ……なんでこんなに、気持ちいいの……？」

「元彼に触られたりはしなかったの？」

憲秋はつまらないことを聞いてしまったと即座に後悔した。

「ん……触られちゃったことは、あるよ……」

「あるんだ……」

わかっていたのにはらわたが煮えくりかえる。

が、それも次の言葉を聞くまでのことだ。

「でも、もっと乱暴で、痛くて、恐くて……嫌だったから、押しのけて。逃げちゃって……もう無理だって思ったから、別れたの」

「俺は恐くない？」

勝負所だ。いままで鍛えてきた女体の見極めと技巧を凝《こ》らす。

あえて握力を強くしながら、乳首も指先で転がした。

すると若葉は喉を反らして声をうわずらせる。

「あっ、あぁ……！　ノリくんのはっ、気持ちよくて、ヘンになっちゃう……！　んっ、ああッ、なにこれっ、ああっ、ぁあああぁああ……！」

風呂椅子のうえで柔尻が大きく跳ねた。

腹と膝が何度も弾み、小刻みな震えが全身に広がる。

（イカせた……！　あのカバ姉を、俺がイカせたんだ……！）

触れてみた感覚でなんとなくわかる。この世界で彼女を法悦に導いた男は自分がはじめてなのだ、と。

事後の余韻に呆然とする彼女の耳を、優しく噛む。

「んっ……ノリ、くぅん……！」

「俺がもっと気持ちよくしてあげるよ。別れた男なんて一晩で忘れられるぐらいに幸せになって……俺以外のこと、考えられなくしてやるから！」

語気を強めながらも手つきはソフトに——

胸から腹へ。さらに下へと這い降りていく。

「はぁ、あぁ……！　ノリくん、そこっ、そこはぁ……！」

太ももが閉じるのは一瞬のこと。すぐに開かれて憲秋の手を歓迎する。それでも羞恥心は殺しきれず、若葉は強く目を閉じて明後日の方向に顔を向けていた。

「だいじょうぶだから……こわがらないでよ、若葉」

名前で呼び捨てにした。効くという確信があった。

同時に指先がふんわり柔らかな股間に埋もれた。

「あんっ、あぁあッ……！」

じゅくりと濡れている。ソープやシャワーのせいでなく内からにじみ出た愛液だ。

それをなじませるようになぞると、秘裂の形に水着が張りついていく。

何度もなぞった。縦割れの敏感部を指の腹で。

「はっ、あっ、あんっ、あぁ……！」

小さな喘ぎも風呂場ではよく響いて耳に心地良い。ずっと好きだった幼馴染みの声
ならなおのことだ。

「石鹸でこすってもこすっても、えっちな露《つゆ》で汚れちゃうね」

「やだ、意地悪ぅ……ノリくん、意地悪ぅ……！」

いやいやと首を振りながらも股の湿潤は増している。彼女にも多少はM気質があり
そうだ。なら悦ぶようにいじめてやりたい。

「いつも自分でおま×こいじめてるくせに」

「ッ……んーッ！」

今度は爪でなぞる。乳首を引っかいたときとおなじように、素早く何度もカリカリと。水着越しであれば痛みはなく快感が強いはずだ。

「襖の部屋でオナニーして、えっちな声あげて……本当は俺に聞かせてたんでしょ？　俺を誘惑して、こういうことされたかったんでしょ？」

「あっ、あーっ、あーッ、あぁぁああ……！」

爪で責める場所を裂け目全体から上端に寄せていく。ひときわ敏感な豆粒のある場所だ。想定どおりに若葉の嬌声はどんどん高くなり、太ももの震えが大きくなっていった。

「あああッ、やっ、ヤバイよこれっ……！　んーッ、あんッ、また、またキちゃうぅッ、すごいの来ちゃうよぉ……！」

「いいよ、イッちゃっても。また聞かせてよ。部屋で下品に脚開いてオナニーしてたときみたいにさ！」

小さな陰核を探り当て、とびきり強く爪で押しつぶす。

「ひぃいいッ！　イッちゃううぅううーッ！」

若葉は背筋をピンと伸ばして愉悦の彼方に飛んでいく。

彼女が痙攣しているあいだ、憲秋は何度も耳を噛み、耳朶《みみたぶ》をなめた。責めるような言葉を吹きこむのも忘れない。

「あんなえっちな誘惑してくる若葉が悪いんだからね……俺に押し倒されたくて、セックスしたくてしたくて、もうたまらなくなっちゃって、おま×こ恥ずかしいぐらい濡らしてたんだよね？」

さすがに意地悪すぎるだろうか。でも止まらない。

こんなにも可愛くて淫らな彼女に、自分より先に触れた男がいる。拒絶して別れたとはいえ恋人がいたのだ。

(なんで俺、もっとはやくこうできなかったんだ)

八つ当たりだった。

不甲斐ない過去の自分への苛立ちを若葉にぶつけているだけだ。

「……そうだよ」

ようやく絶頂から戻ってきた若葉の声は、恨みがましくすねた語調だった。

「恥ずかしいの我慢して、がんばって誘惑してたんだよ……！　薄着して、ブラ外して、くっついて……ドキドキして心臓が破裂しそうだったのに、ノリくんぜんぜん反応しなくて。だから足音聞いて、リビングにいるときにオナニーして、声だって張りあげて、ああもう、思い出したら死にたくなってきたぁ……！」

「あ、そこまでガチで狙ってたのか……」

てっきり「うまくいけばいいかなぁ」ぐらいの覚悟だと思っていたのだが。もちろん本気で求めてくれたのは嬉しいけれども。

あらためて考えると顔がにやけてしまう。

「そうか……若葉、そんなに俺のことを……」

「で、どうするのノリくん！」

若葉はくるりと振り向き、紅潮した顔で睨みあげてくる。恥ずかしい告白を勢いで押し流したいようにも見えた。

「ノリくんは私をこんなに気持ちよくして、どうするのか教えて！」

「それはまあ、もっとしたいけど」

「なにを！」

ヤケクソ気味に問い詰められ、憲秋は深呼吸を一回。

真《ま》っ直《す》ぐに彼女を見つめて言い放つ。

「セックス。本気で、思いっきり」

カウンターが決まった。

若葉はうなだれ、力なくも嬉しげな声を漏らす。

「……うん、しよ」

ふたりは風呂場を出た。


ロケーションは若葉の部屋にした。

やるなら狭いベッドより布団のほうがいい。

憲秋は全裸のまま汗ばんだ体で布団の端に立っていた。

枕元に立つ若葉は下着姿。フリルとレースをあしらった白と薄桃の上下は高級感と愛らしさを兼ね備えたデザインだ。水着と違って短身巨乳体型に無理なくフィットしているし、雰囲気にもよくマッチしている。

「これね、新しいランジェリー専門ブランドの試作品なの」

若葉ははにかみ笑いで、現状を誤魔化すように語った。

緊張しているのは指先の震えを見ればわかる。憲秋も話に乗ることにした。

「もしかして胸が大きいひと向けに可愛いデザインを取り扱うような？」

「普通サイズもカバーしてるよ。十代後半から二十代前半の子をメインターゲットに、どんな体型でも可愛く着飾っていいんだよって……うん、私自身、やっぱりこのサイズで可愛いブラとか欲しかったし」

自然と彼女の腕は胸と股を隠すように動いていく。すんでのところで背中にまわされる。その仕草を何度かくり返していた。

羞恥心がありながら、なお見せつけようとしているのだ。

自分の下着姿を。自分の体型を。仕事で生み出した自慢の下着を。

「可愛い下着があったらもっと自信が持てて……好きなひとにちゃんと好きって言えるのかなって思ったの」

精いっぱいの勇気に報《むく》いるため、憲秋も勇気を振り絞り、彼女を抱き寄せた。頭の位置が低くて顎にも当たらない。肩も小さい。こんなにも小柄なのに自分からアプローチをかけてくれた彼女のことがいとおしかった。

「すごく可愛いし、綺麗だよ……若葉」

「ほんと……？」

「うん、すごく……ものすごく……」

昂揚しすぎて語彙力《ごいりょく》が失われてしまう。

ごくん、と唾を飲んで、なけなしの言葉も途切れてしまった。

そのわずかな隙に「わ」と若葉が驚く。

「ものすごく、興奮してるんだよね、これ……」

彼女のみぞおちに男根が当たっている。下着で乳房を支えていなければ先端が下乳を押しあげていたかもしれない。それだけの身長差があった。

「そりゃ興奮もするよ……ほんとうに似合ってて、えっちだから」

「えへへ……可愛くてえっちでしょ？」

褒められて強気になったのか、彼女は亀頭に手をかぶせた。

「うっ……！」

「わぁ、熱い……太いし、硬くて、あ、先のほうは柔らかいんだね」

小動物を可愛がるように優しくさする。それだけの刺激で鈴口からカウパーがあふれた。若葉は嫌がることなく撫でつづける。

「これ触ったのははじめて？」

「あのひとには見せられただけで、擦りつけられたりはしたけど……」

元彼の話にどうしようもなく苛立ちを感じた。

「どこに擦りつけられたの？」

「えっと……胸。挟んでくれって言われて」

「挟んだの？」

「無理……できなくて、逃げちゃった」

はにかみ笑いを浮かべながら、若葉は肉棒を優しく撫でた。

「パイズリ、ノリくんならいいよ」

「え」

「ノリくんにならしてあげたいんだけど……あ、その椅子に座ってみてくれるかな。それで高さがちょうどよくなると思うから」

若葉は化粧台の椅子を布団のすぐそばに引っ張ってきた。

迷わず椅子に座った憲秋のまえで若葉は膝をつく。いきり立つ赤銅色へと柔胸を近づける——が。

「さすがに下着つけたままだと難しくない？」

瀟洒なブラジャーは胸の谷間の中央から下を覆い隠している。男根を差しこむ隙間はないように見えた。

「フロントホックだから平気だよ」

華やかなフリルの意匠に紛れるようデザインされたホック。若葉が指をかけると魔法のように中央でほどけ、深い肌色の谷間を露出した。

「いくよ……たぶんこうするんだよね」

下乳の中心部が憲秋の突端に迫る。

接触。ぷるりと柔らかくもわずかに弾力があった。

若葉の上体がすこし前のめりになっただけで、乳肉の重みが亀頭にかかった。ずるぅ、と乳間に飲みこんでいく。若さからくる肌の張りのせいか、風呂上がりの汗があるだけで程よく滑りやすい。心地良い摩擦感だった。

「あっ、おお……！　若葉のおっぱい気持ちいい……！」

「はじめてだからね、こんなことするの……ノリくんにしかしないから」

元彼にはしなかったことを自分にはしてくれる。優越感を覚えずにいられようか。世界中に喧伝《けんでん》したいとすら憲秋は思った。

腰が勝手に動く。若葉の小さな肩をつかみ、尻を揺すってピストンする。

「うわ、わぁ……男の子って本当におっぱいで挟むの好きなんだ……脈打ちかたもすごいし……ノリくん気持ちよさそうな顔してるし……」

若葉は手でブラジャーごと乳肉を支え、ゆっさゆっさと上下させていた。

「わ、若葉、どこでこういうの覚えたの？」

「友達から聞いたり、ネットで動画見たり……私おっぱい大きいから、絶対覚えといたほうが男ウケがいいからって言われて、がんばってみた」

言いながら、唾液を垂らして潤滑を追加。慣れた仕種かと思いきや、見あげてくる顔には不安の色が強い。

「気持ちいい……んだよね、その顔……？」

やはり彼女は寸止めの経験しかないのだろう。男の快感反応をまるで知らない。熟練の人妻たちとは大違いだ。

なのに彼女は自分から攻め手に回ろうとしてくれた。

自分が年上だからと勇気を出したのだろう。

（なら、余計に俺がさりげなくリードしないと）

憲秋は彼女の頭を優しく撫で、恍惚の顔で鷹揚《おうよう》にうなずく。

「本当に気持ちいいよ……ありがとう、若葉」

「うん……よかった。もっと気持ちよくなってね」

肩の力がすこし抜けて、乳揺れもゆったりと落ち着いたリズムになった。一方で動きそのものは大きくなり、下振れの際に谷間から亀頭が顔を出す。赤々と腫《は》れあがって涙を垂らす先端部を、若葉は哀れむように見下ろしていた。

「寂しそう……ちゅっ」

キスが敏感な赤頭に降り注いだ。浅くついばむバードキスの連打が性感神経を昂ぶらせ、喜悦の脈動を大にする。

「こ、これもやっぱり、女友達に聞いたとか……？」

「なめるのもいいけど、細かくキスするほうが刺激は強いって……ああーッ！」

ふいに若葉は声を張りあげ、涙目で見あげてくる。

「私……まだキスしてない」

「……そういえば、そうだね」

「唇じゃなくておち×ちんにキスしちゃった……」

うなだれ、停止する。よほどショックだったのだろう。

申し訳ないと感じるのは憲秋だ。リードすべきは経験豊富な自分なのに、結局受け身になっていた。

いまからでも挽回しようと、少々恥ずかしいセリフを脳内で準備する。

「……若葉」

細顎をつかんで上を向かせ、まっすぐ見つめた。

「ずっと好きだったよ。俺と付きあってください」

恥ずかしい。まるで中高生の告白だ。

だがそれは初手。まだ終わらない。

目を閉じ、顔をすこし傾けて、口を寄せていく。

「嬉しい……私も、ノリくんがずっと好きだったから」

たぶん若葉も真っ赤な顔を傾け、唇を押し出してきているだろう。

ふたりの距離はすぐに縮まった。

ちゅ……と。

唇が触れあう。

中学生か、下手すると小学生みたいな触れるだけの幼いキス。

（でも、これはこれで満たされる……）

と思ったら、直後にねろりと舌が入ってきた。攻められてしまった。しかも震えっぱなしの舌で。相も変わらず年長だからと無理しているらしい。

憲秋も舌で応じた。優しく絡めてなぞり、密着させて微動し、軽く唾液をすすって音を立てる。焦らずすこしずつディープキスに慣れさせていく。

「あぅ、ちゅっ、んくッ、はぁ……ちゅっ、ちゅっ」

誘導されて若葉の動きにも余裕が出てきた。唾液をたっぷり交えてねっとりと蠢き、ナメクジの交尾のように絡みあう。

止まっていた手の動きも再開した。胸乳を揺らして肉棒に奉仕する。縦揺ればかりでなく横揺れ、ぎゅうぅぅと圧迫、また縦揺れなどなど。

「うっ、くうッ、もう出るッ……！」

腰が震えて止まらない。想い人とキスしながらのパイズリは想像以上に効く。

「ん、いいよ、キスしながら……イッてね、ノリくん」

若葉は嚙みつくように深く唇を重ねてきた。

憲秋も応じて猛然と舌を吸う。

粘膜が溶けてしまうほど気持ちいい。

股間の快感も爆発した。頭が真っ白になって、熱い汚濁が大量に噴き出す。

「ああ、はぁ……すっごい出てる……ビクビクしてる……すごい……」

若葉は乳間の粘着感に酔いしれながら、ちゅっちゅっとキスに耽った。相手を絶頂に導いて悦ぶのは愛情あればこそだろう。

射精が止まると、ぬぱぁ……と、柔乳が左右に開かれた。

「すごい……べっとべとになっちゃった」

大量の白濁が、両乳のあいだに蜘蛛《くも》の巣じみた糸を伸ばしていた。汚らしくて生臭いのが逆に若葉を酩酊させる。彼女の呼吸はますます乱れた。

ここからが本番だ。

「次は俺が気持ちよくしてあげるよ、若葉」

「う、うん……優しくしてね、ノリくん」

「もちろんだよ。リラックスしてくれ」

などと言いながら憲秋の本音は別であった。

めちゃくちゃによがらせたい。

自分の何倍も気持ちよくしてやりたい。

年上の余裕なんて粉々にしてやろう。

憲秋は雄の欲望にうずくく手指をコキリと鳴らした。


一方的な攻勢であった。

「んうッ、あああぁッ……！　ノリくん待っ、待って、これヤバいかもっ……！　あっ、あッ、あーッ、またっ、また来ちゃうッ……！　んっ、んーッ……！」

若葉は布団のうえで何度目かの絶頂に達した。

小さな足を宙に突っ張り、苦しげなほど柔尻を弾ませる。憲秋が下着ごしに秘裂を擦りあげるだけでこの有様である。

「若葉のイッてるところ、本当に可愛いよ」

「あぅう、恥ずかしいよぉ……ほんと恥ずかしい……ノリくんが初めてなんだからね、こんなところ見せるの」

顔がすっかりトマト色だが脚を閉じようとはしない。下着がぐじゅぐじゅと卑猥な音を立てても震えるだけで隠そうとはしない。

「じゃあ次は脱ごうか」

すでにブラジャーは外しているとはいえ、全裸はさすがに抵抗があるだろう。

憲秋は軽いキスで緊張をほぐしてやることにした。

若葉の表情がうっとり和らいで、反応も柔らかくなる。

「……あんまり見ないでね」

若葉は苦戦しながらパンツを脱いでいく。隅々まで湿っているので肌に張りつくのだろう。

苦労して脱ぎ捨て、彼女は一糸まとわぬ姿になった。

「はい、脚開こうね」

「う、うん……うぅ、ふぅ、ふぅ、恥ずかしすぎかも……！」

膝をつかんでM字に開脚させると、薄開きの若溝から透明な露が流れ落ちた。剃《そ》り跡すらない無毛体質の美麗な大陰唇がテラテラと輝いている。

ぴと、と憲秋は中指の腹でピンク色の粘膜に触れた。

「あッ……！」

「トロトロで柔らかくなってるよ」

柔らかな表襞をたどって上端の肉豆をつつく。若葉の背筋が面白いぐらい跳ねる。逆戻りして深みに入っていくと、「あ、あ、あ」と若葉の声が戸惑いを含みながらも高まっていく。尻腿が震えだす。

小さな紅唇の深みで、秘穴の窄《すぼ》まった入り口がわなないていた。

優しくノックしてやると若葉のつま先が宙を蹴る。

「あっ、んっ、あんっ、あぁ……！」

「ここもトロトロだね」

膣口は弾力に富み、伸縮性も高い。指を強めに押しこめばぬぷりと入る。コリコリした輪に指を食《は》まれながら奥を目指した。ざらつく天井や大きめの襞が蠢く肉の珊瑚《さんご》礁《しょう》が次々に吸いついてくる。

「トロトロで、狭いけど柔らかくて……けっこう奥まで入るな？」

すでに中指の第二関節まで入っている。若葉の体格を考えれば処女膜にはとっくに当たっているはずなのに。

「あ、言い忘れてた……私、膜もうないの」

突然の告白に憲秋の思考は白くなった。

「処女膜がない……？　もしかして元彼と……？」

「ち、違う違う！　そうじゃなくて、高校のころ体育の時間に障害物競走で、ハードル飛び越えた拍子に……なんか血が出たことがあって」

激しい運動で処女膜が破れるというのはよく聞く話だ。

真偽の程《ほど》を確かめるすべはないけれども。

「オナニーでも……けっこう深いとこいじってたから……」

信じてもらえるか不安なのか、若葉の目には涙がにじんでいた。

（どっちにしろ関係ない）

憲秋は意を決して、指を根元まで差しこんだ。

「えっ、あッ……！　深っ、深いよぉ、ノリくんっ……！」

「若葉の指だとここまで届かないだろ？　ほら、奥のコリコリしたとこも可愛がってあげるよ、ほら、ほら」

「んんッ、ひんっ、んえっ……！　こ、こんな感じなんだ、奥って……！」

戸惑いながらも愉悦に胴震いする様には、人妻とは違う初々《ういうい》しさがあった。くわえて秘肉の色は綺麗なサーモンピンク。異性とのセックスは未経験、そうでなかったとしても回数は多くないはずだ。

なら、簡単に塗り替えられる。人妻たちで経験を積んだ自分なら。

「こんなふうに気持ちよくなったことある？」

「えっ、あッ、なにそれっ、あぁあああぁッ……！」

中指をよじって狭隘な小穴をほじくりつつ、人差し指と親指で陰核をいじる。指の腹で挟んだり、擦りまわしたり、軽く弾いたり。

「どうなの？　答えて。こういうことしたことは？　されたことは？」

陰鞘を剝く。剝き出しの肉豆におなじ責めをくり返す。

若葉は見る間に余裕を失っていく。喘ぎ声は喚くかのように大きい。

「ううぅううッ、んーッ……！　ま、待って、これダメッ、ダメなやつだからッ、あぁあああッ、ダメダメダメダメダメぇッ！」

「もっとダメにするから。俺以外の男じゃダメな体にしてあげるから……！」

右手で秘裂をいじめながら左手で右乳房を責め、口で左乳首をしゃぶった。若葉の乳首は小さな体に見あわないボリュームだ。こねまわし甲斐があるし、ねぶりまわすと充実感がある。

同時三箇所の快感責めに、若葉の悦楽神経は限界を超えた。

「だめぇぇええぇぇーッ」

若葉は背を弓なりに反らし、全身の力を股間に集束する。憲秋の指を食いちぎらんばかりに膣穴が締まっていた。もしペニスを入れていたら——と、想像するだに生唾を飲みこんでしまう。

愉悦のピークを過ぎても息を乱す幼馴染みの姿に、また生唾。

恍惚に染まる童顔。汗に艶めく小さな体。下品なほど尖り立つ乳首とたっぷり肉付いた乳房。泡立って白んだ愛液を垂らす股ぐら。絶頂の余韻に震える細脚。

(ぜんぶ俺のものだ……！)

猛烈な独占欲が湧きあがるのと、若葉が上目遣いに眺めてくるのは同時。

「ノリくん……して」

恥じらいの震えを残しながら、彼女は大きく脚を開いた。

「ノリくんとしたいの……はじめての、セックス……」

まっすぐ見つめられ、求められて、男として我慢できるわけがない。

憲秋は指を抜き、逸物を秘処にあてがった。触れただけで気が遠くなるほど興奮した。ずっと憧れていた年上の女性とつながる時が来たのである。

とろり、とろり、とヨダレを垂らす肉唇はあらためて見ても小さい。亀頭を押しつけたら丸ごと潰れてしまいそうだ。しかし力をこめればたやすく割れて、窄まった膣口への道を開く。

「んっ、あぁ……！　入っちゃうんだね、ノリくんのおち×ちん……！」

「ぜんぶ入れるよ……！　入り口から奥までぜんぶ俺ので埋めつくすから……！」

手で竿根を押さえながら小穴へと侵攻していく。自慰で慣らされた膣口は硬さを残しながらも、肉笠を受け入れようと精いっぱい広がっていた。

「んーッ、んんッ、んぅうッ……！」

若葉は歯を食いしばっているが、痛みに耐えている様子ではない。むしろ喜悦にゆるむ口を恥じているようだった。

ぬぽり、と亀頭が入りこむや、口が開いてとろけ声が漏れ落ちる。

「はひっ、んぁあああ……！」

甘ったるくて可愛らしい声だった。

憲秋は二度と口を閉じられないよう指を差しこんだ。指先で舌を優しくもてあそびながら、奥へ奥へと己をねじこんでいく。

「入ってくよ、若葉。若葉のなかが俺のものになってくよ」

「う、うん、なってくぅ……！　ノリくんのものにされちゃってるぅ……！」

「もうすぐだよ……先っちょが奥にもうすぐ、くっつく……！」

みちり、と密着した。

股と股の隙間がなくなり、肉棒が丸ごと若葉の体内に消える。

（やっぱり狭いし、奥も浅い……！）

噛みつくように咀嚼され、子宮口にぐっと押し返されていた。それでも構わず腰を擦りつけて押しあげると、若葉の顎がビクンッと跳ねる。

「あひッ！　んぁあああああッ！」

腰が震えるたびに肉蜜があふれ出す。

「もしかして、もうイッちゃったの？」

「だ、だって、あぁ、もっと痛いかなって思ったのに、あんっ、ぜんぜん気持ちいいい……！　あッ、お腹深いとこっ、ノリくんを感じてるッ、あぁんッ！」

どうやら体格差からくる挿入の負荷がすべて快感に変わっているらしい。しかも狭苦しい襞壺がイソギンチャクのように蠢いて男根に絡みつく。名器だった。

もっと味わいたい。もっとよがらせたい。

「まだまだここからが本番だよ！」

憲秋は腰を遣った。

まずはつぶさに喜悦を味わわせるため、ゆっくりと前後する。亀頭のエラで肉襞をかきむしるたびに、若葉は身も世もなくよがり鳴いた。

「あぁッ！　あんッ！　あぁーッ！　すごッ、ヤバいよこれッ、ノリくんこんなにセックス上手だったのぉ……？」

「若葉のアソコが感じやすいだけだよ」

「ううぅ、意地悪ぅ……！　んっ、あっ、あへぇえぇえぇえぇえっ……！」

若葉の喘ぎ声が歪んだ。口が横開きになって、腰が引きつっている。憲秋が腰遣いをの円運動に変えたからだ。

のの字を描いて膣内をかきまわす。窮屈な膣口が亀頭をがっちり捕らえて離さないので、動きはどんどん大振りになる。若葉の足首をつかんで持ちあげてやれば小尻が浮いて、肉棒に従って大胆に揺れ動いた。彼女の小柄さを実感できる状況にあらためて憲秋は昂揚してしまう。

「こういう動きはどう？　痛くない？」

今度は腰を急角度で突きあげる。Ｇスポットから腹側を擦りあげて最奥を穿つ、人妻たちもお気に入りのコースだ。

思ったとおり若葉の声はますます差し迫っていく。

「ノリくん、ノリくんっ、ああんッ、ノリくぅんッ……！」

見慣れた顔が甘くとろけて歪んでいた。日常の笑顔ともオナニー時の悦顔とも違う、男と交わるときにしか出さないであろう歓喜の表情。あどけない顔立ちゆえの背徳感もあり、ひどく興奮を誘う。

(俺が若葉をこんな顔にしたんだ……！)

歓喜するのは憲秋もおなじだった。若葉を快楽の坩堝《るつぼ》に落としながら、自身もさほど余裕はない。それどころかいまにも達するほどに高まっていた。肛門に力を入れて負けん気を振り絞っているが、耐えれば耐えるほど快感は蓄積されて膨張する。理性が押しつぶされて、射精衝動に思考が塗りつぶされていく。

「ノリくんっ、もう私ッ、私ぃッ……！　ヤバいよぉ、すっごいの来ちゃうぅ！」

間一髪、若葉の肌が赤く染まって臨界しようとしていた。

これ幸いと憲秋は便乗する。

最後の力で直線的にピストンして最奥を突いた。突きまわした。後先を考えず、シンプルに粘膜同士を擦りあわせて性感神経を刺激する動きだ。

「いいよ、一緒にいこう……！　いままでの人生で一番気持ちいい瞬間を味わって！　俺とのセックスで世界一気持ちよくなって！」

「なるっ、なってるっ！　気持ちよすぎるよぉっ！　あーッ！　あぁーッ！」

若葉は極限の喜悦に溺れながらも憲秋の首を抱く。

ふたりは自然と口舌を深く重ねて貪りあい、最後の時を迎えた。

憲秋は最高の射精をした。

これまでの人生でもっとも大量に出た。男の快感量は精液の量に比例する。尿道がずっと粘液を吐出して休まらない。積年の恋慕《れんぼ》も加わって気が遠くなるほど気持ちいい。腰の脈動が止まらない。

「んんんんーッ！　あああぁあーッ……！　すごい、出てる、いっぱいぃ……！　お腹いっぱいになっちゃうぅ……！　ノリくんでいっぱいにぃ……！」

ちゅぽちゅぽと舌を絡めながら、若葉は絶頂に身もだえをくり返す。ほかの男のことなど頭にないだろう。

（若葉を俺のものにしてやったぞ……！）

さらなる充実感にビュビュッと追い撃ちの精が出た。

もちろん終わるつもりはない。今夜は空っぽになるまで若葉と交わりたい。二回も射精をして余裕もできたから、次は彼女を徹底的に悦ばせてやろう。

長い夜は甘くしめやかに続いていく――

＊

朝の団地前に笑顔が咲き誇る。

スーツ姿の平川若葉は今日も上機嫌だ。

「それじゃあ今日も行ってくるね、ノリくん」

「行ってらっしゃい、若葉」

憲秋が腕を揺らせば、抱きかかえた赤子も最高の笑顔で小さな手を振る。

「泰葉《やすは》ちゃんバイバーイ、ママいってくるね〜」

自転車で走りだす母親を娘はキャッキャと笑顔で送り出した。

出産から二ヶ月。

若葉の育休はゆるやかに終わり、すこしずつ出勤日が増えている。

一人娘の泰葉の面倒を見るのはおもに憲秋の仕事だ。もちろん出勤はしてない。昨年就職した会社は若葉と結婚してすぐに倒産したのである。

「べつに主夫でもいいんじゃないか？」

そう割り切れたのは、男として一皮剝けた余裕あればこそだろう。前世紀ならいざ知らず、男女同権の現代社会では主夫も一つの生き方だ。どうせ働くなら意欲と適性のある者がいいということは、津賀家の夫婦事情からも痛感した。

さいわい若葉の稼ぎは良い。

家事については人妻たちも教えてくれる。

最近はエプロン姿も堂に入ってきた。

「それじゃあ泰葉、パパと一緒におうち戻ろうね」

「だぁ」

帰るべき家は変わることなく二〇一号室。団地との賃貸契約は平川名義で引き継いでいる。若葉が立地を気に入ったからだ。

我が家へ戻る途中、郵便受けのそばで主婦たちが井戸端会議をしていた。

「あら、憲秋くんおはよう。若葉ちゃんもう出かけたの？」

「おはようございます、憲秋さん。泰葉ちゃんもおはよう、うふふ」

「平川さんおはようございます。お加減はいかがでしょうか」

野尻、和久井、津賀の三夫人も赤ん坊を抱いていた。

そこはかとなく憲秋に似ている子どもたち。

「みんなもおはよう」

男として、父親として、学ぶべきことはいくらでもある。この団地で過ごす日々はきっと自分を成長させてくれる。

憲秋は子どもたちの手を握り、頬を撫で、気持ちを新たにした。

（了）

※本作品はフィクションです。作品内に登場する
団体、人物、地域等は実在のものとは関係ありません。

誘惑《ゆうわく》の種付《たねつ》け団地《だんち》

〈書き下ろし長編官能小説〉

2022年1月24日初版第一刷発行

著者……………………………………………… 葉原 鉄

デザイン…………………………………………小林厚二

発行人……………………………………………後藤明信

発行所………………………………………株式会社竹書房

〒102-0075 東京都千代田区三番町8-1

三番町東急ビル6F

email：info@takeshobo.co.jp

竹書房ホームページ http://www.takeshobo.co.jp

印刷所…………………………………中央精版印刷株式会社

■定価はカバーに表示してあります。

■落丁・乱丁があった場合は、furyo@takeshobo.co.jp までメールにてお問い合わせください。

竹書房ラブロマン文庫　近刊目録

※価格はすべて税込です。

好評既刊

長編官能小説〈新装版〉
囚われた女捜査官
甲斐冬馬　著

気高く美しい女捜査官コンビを待ち受ける快楽地獄の罠！　想像を超える責め苦に女肌が悶え喘ぐ圧巻凌辱エロス。

770円

長編官能小説
湯けむり商店街
美野　晶　著

さびれた商店街に住む青年の土地で温泉が湧き、彼の周辺には淫らな女たちが集うように…。温もり誘惑ロマン！

770円

長編官能小説
発情温泉の兄嫁
北條拓人　著

憧れの兄嫁と旅行中、青年は美人若女将や奔放な女客に誘惑され、兄嫁とも一線を超える…。混浴の快楽ロマン。

770円

長編官能小説
孕ませ巫女神楽
河里一伸　著

地方神社に伝わるお神楽に発情した美人巫女たちは、青年との愛欲に耽る。肉悦と誘惑の地方都市ロマン長編！

770円

好評既刊

長編官能小説
絶対やれる健康診断
杜山のずく　著

夫婦の倦怠期に悩む男は、美人女医の勧めで性欲を取り戻す特別な健康診断を受ける…！　白衣ハーレムロマン！

770円

長編官能小説
ふたたびの熟れ肉
鷹澤フブキ　著

不本意な終わりを迎えた元彼女たちと再会した時、欲情の火は燃え上がる…鬼才の描く快楽のリテイクロマン！

770円

次回刊行案内

長編官能小説
リモート人妻の誘惑（仮）
九坂久太郎

俊英の描く新時代の誘惑ロマン！
2022年2月7日発売予定!!

リモートで夫と会う人妻は裏から愛撫され悶え啼く

770円